LE RÉSIDENT

DU MÊME AUTEUR

Le Goût du lait au chocolat, Anne Carrière, 2008
L'Heure bleue, Robert Laffont, 2016

ELSA VASSEUR

LE RÉSIDENT

Robert
Laffont

ISBN 978-2-221-21623-1
Dépôt légal : janvier 2021
Éditions Robert Laffont – 92, avenue de France 75013 Paris

À Claudia, DW, Ly, Rohan, Yewande et les autres

« Mon enfance fait partie de ces choses dont je sais que je ne sais pas grand-chose. Elle est derrière moi, pourtant, elle est le sol sur lequel j'ai grandi, elle m'a appartenu, quelle que soit ma ténacité à affirmer qu'elle ne m'appartient plus. »

Georges Perec,
W ou le souvenir d'enfance

I

1.

Ce matin, il était devenu plus vieux que sa propre mère. Cette pensée vint à Jacques tandis qu'il se rasait, contorsionné dans la minuscule chambre de l'hôtel Hudson à Manhattan, et elle était si coupante qu'il s'entailla le menton.

Ayant emporté par mégarde ceux de Camille, il ne trouva que des pansements à l'effigie de Winnie l'ourson et de ses amis dans sa trousse de secours. Il appliqua le petit Porcinet sur sa coupure, puis il passa la paume de sa main sur la vitre, estompant du même geste la buée et le visage de sa mère qui menaçait d'apparaître.

En dépit du décalage horaire, Jacques avait seulement reçu trois messages lui souhaitant un joyeux quarante-huitième anniversaire. Un de Bertrand, son éditeur et ami de longue date ; un de Simon, le compagnon de Bertrand ; et un autre de sa sœur Danielle, avec qui il ne parlait presque plus (mais Danielle s'appliquait, avec une rigueur de métronome, à lui envoyer chaque 20 mars un *bon anniversaire petit frère* écrit en lettres majuscules).

Le train de Jacques n'était programmé qu'à seize heures. L'étroitesse de sa chambre l'ayant découragé d'y rester pour lire, il gaspilla sa matinée dehors à jouer les touristes, les yeux rivés sur la version papier de la ville.

Même enrobée d'une appétissante couche de neige, la Grosse Pomme avait un goût acide. Partout les mêmes odeurs agressives de hotdogs et de poubelles, la même verticalité fuyante. Les New-Yorkais hurlaient au téléphone sans jamais dévier de leur route, lancés comme une armée de clones dans les avenues rectilignes et blanches. Mais le pire, c'était le froid, un froid impérialiste et sûr de son bon droit, un froid américain. Le vent claquait des mâchoires, s'insinuant dans tous les interstices disponibles – le col, les manches, les oreilles, les narines de Jacques – tandis que la neige, version compacte et solidifiée du vent, s'agglutinait en boue noire contre ses semelles.

Il marcha plus d'une heure. Après avoir arpenté les rues de Greenwich Village qui se ressemblaient toutes, avec leurs façades en briques rouges, leurs lampadaires à la française et leurs bicyclettes à pignons fixes, Jacques entra dans un café de style italien, motivé par la seule promesse d'une affiche manuscrite : « Warm inside ». Un vieux monsieur jouait aux cartes face à un carafon de vin rouge, sous le regard amer d'ancêtres siciliens cloués au mur, tandis qu'un couple d'Italo-Américains rabougris finissaient en silence un tiramisu. L'ensemble respirait la fin des grandes espérances et l'ennui, la triste concrétisation de rêves grandioses nés et morts à Ellis Island ; mais au moins faisait-il chaud.

Jacques commanda un café et un cannoli à la crème et s'assit au comptoir avec un journal périmé de plusieurs jours. Il but son café-chaussette, mangea sa pâtisserie mal décongelée et lut le journal, qui demeurait d'actualité – la Syrie flambait, la houpette rousse de Donald Trump défrayait la chronique internationale, et la France se déchirait sur fond d'une guerre électorale qui divisait ses citoyens presque autant que l'affaire Dreyfus en son temps. Affligé par le dérèglement immuable du monde, Jacques reposa le journal, paya l'addition de douze dollars (pourboire non inclus) et se dirigea vers la sortie.

Passant devant un parc à l'abri du vent, il décida de s'asseoir sur un banc en compagnie d'un rayon de soleil hivernal. Quelques enfants jouaient sous l'œil distrait de leurs nourrices dominicaines. Il était midi. À cette heure-là, calcula-t-il, Camille devait être à la danse. Il aurait donné beaucoup pour respirer l'odeur de sueur enfantine qui imprégnait la salle, alors même qu'il ne restait jamais au cours, préférant boire un demi au café d'à côté en attendant que sa fille lui revienne.

Il avait envie d'écrire à Alicia, de lui dire qu'il préférait San Francisco, où elle était née, à New York (et ce même si la ville n'était plus que l'ombre d'elle-même). Mais il rangea son téléphone. Sa femme lui avait suggéré de profiter de ces quelques semaines de séparation pour *prendre un peu de recul*, et cesser de se polluer l'un l'autre avec des messages inutiles, perpétuant une litanie conjugale épuisante.

Pourquoi leur couple ne fonctionnait-il plus ? Jacques ne s'était pourtant pas vautré dans les facilités de la vie domestique comme tant de leurs amis, passé la quarantaine, qui préféraient désormais les plateaux télé aux soirées cinéma, le jardinage aux siestes crapuleuses, les pantalons mous aux vestes de costume.

Il continuait de surprendre Alicia par des décisions fantasques, des lubies impétueuses qui pouvaient le conduire un jour à lui rendre visite dans les locaux de Biobo, l'entreprise pharmaceutique bio pour laquelle elle travaillait, avec une brassée de roses blanches, et un autre à l'accueillir à la maison avec un dîner péruvien qu'il avait passé des heures à préparer. En fait, Jacques était toujours le premier à vouloir sortir, inviter du monde, partir en week-end ; c'était plutôt Alicia qui réfrénait ses impulsions, qui imposait des temps calmes en famille, voire qui le rappelait à son devoir d'écriture.

Mais malgré les efforts de Jacques pour prévenir la routine et n'être jamais tout à fait le même homme, Alicia lui faisait un reproche on ne peut plus constant : il ne lui parlait jamais de son passé.

Sur ce point, Jacques s'était toujours montré clair. Dès les prémices de leur histoire, il l'avait prévenue qu'elle ne saurait rien de l'existence qu'il menait avant de la rencontrer. Les femmes qu'il avait aimées avant elle ; les espoirs qu'il avait caressés, tordus puis oubliés ; la vie qu'il avait ébauchée lorsqu'ils n'existaient pas encore l'un pour l'autre ; tout cela appartenait à un monde secret dont Alicia serait bannie à perpétuité.

L'enfance de Jacques constituait la principale pièce manquante de ce passé en pointillé, aux bords cousus avec soin. Alicia avait bien mené quelques investigations timides, au début de leur liaison ; mais Jacques était à ce point cadenassé, refusant d'évoquer tout ce qui n'était pas le présent immédiat, qu'elle avait renoncé à lui poser des questions.

Il arrivait pourtant qu'il se livre par inadvertance, émiettant son enfance au détour d'événements mineurs et d'épisodes fortuits. Comme ce jour où il avait accroché un petit tableau au mur de la chambre de Camille qui venait de naître : une esquisse aux traits naïfs et tremblés, représentant un veau chancelant sur ses pattes maigres.

« Je t'en prie, vire-moi cette croûte, l'avait supplié Alicia. Ça va donner des cauchemars au bébé.

— Je sais que ce n'est pas un chef-d'œuvre, avait rétorqué Jacques. Mais c'est ma mère qui l'a peint, et j'y tiens. »

La croûte était restée accrochée au mur, et les reproches coincés dans la gorge d'Alicia. Elle avait ignoré jusqu'à ce jour-là que la mère de Jacques peignait.

Le couple qu'il formait avec Alicia, il en était conscient, n'avait jamais reposé sur l'abandon réciproque, la confiance mutuelle qui font traditionnellement le lit des relations conjugales. Mais fallait-il vraiment tout se dire pour s'aimer ? Jacques était convaincu qu'un peu de mystère nourrit l'amour, et qu'on ne désire jamais que ce que l'on ne possède pas tout à fait. Un point de vue qu'était loin de partager Alicia.

Ces dernières années, Camille cristallisait toutes leurs incompréhensions. Alicia trouvait Jacques trop permissif ; lui la jugeait trop dure. Il reprochait à sa femme de vouloir façonner leur fille à son image ; elle le blâmait de ne pas la façonner du tout. Alicia se disait fatiguée d'être le *bad cop*, la sentinelle inflexible supervisant les devoirs, donnant le bain et distribuant les punitions, tandis que Jacques écopait de la tendresse, des nuggets-frites et des histoires lues au bord de l'oreiller. Elle avait même l'audace d'affirmer qu'il entretenait l'Œdipe de Camille, une accusation qui le rendait fou. Jacques était incapable de refuser quoi que ce soit à sa fille, c'était indéniable, mais un papa gâteau ne valait-il pas mieux qu'un père démissionnaire ou absent ? Retranchés derrière l'affrontement de leurs grands principes éducatifs, aucun d'eux n'était dupe : c'était son enfance à lui qu'ils évoquaient en creux.

Bien que la plupart de leurs discussions récentes se soient soldées par une dispute, leur activité sexuelle avait connu un paradoxal regain d'activité. Mais loin de les rapprocher, ces étreintes brèves durant lesquelles pas un mot n'était prononcé avaient fini par les éloigner davantage. La veille de son départ, Jacques avait même vu des larmes perler au coin des paupières de sa femme, tandis que lui-même retombait sur le dos, un goût de plomb dans la bouche.

Au milieu de cet océan de désolation conjugale, Jacques tentait tant bien que mal de préserver un îlot d'insouciance à Camille. Le mercredi après-midi était un sanctuaire peuplé de jeux, de conversations à bâtons rompus, de goûters pléthoriques. Parfois, père et fille prenaient le bus vingt et un pour rallier la rive gauche. Jacques montrait fièrement à Camille la Sorbonne où il avait étudié, avant de l'emmener voir un film, ou nourrir les canards au jardin du

Luxembourg. Une fois sur deux, il oubliait le pain, et Camille et lui se contentaient de manger une crêpe tiède en observant les volatiles qui glissaient sans grâce sur l'eau noire. En apparence, se disait Jacques, rien n'avait changé. Sa vie s'était effondrée sans que sa façade ne s'écaille. Même Zoé, la baby-sitter au cœur de toutes les grandes intrigues familiales, paraissait ne se douter de rien.

Assis sur son banc, Jacques regretta d'avoir arrêté de fumer. Cela lui aurait offert une contenance, de même qu'un sursis au spleen qui menaçait de le contaminer. Sans cigarette pour distraire ses mains, il demeura donc occupé à rien, laissant filer l'heure comme il laissait filer sa vie : en s'emmerdant un peu.

2.

Il arriva très en avance à la gare de Penn Station, où il acheta un café à emporter. Scrutant la foule de voyageurs en mouvement, il se mit en quête des éléments les plus prometteurs, c'est-à-dire les plus susceptibles de faire jaillir en lui des fragments d'intrigues, des bribes d'histoires. En période de panne créative, il faisait feu de tout bois, se servant de chaque lueur de vie comme d'une allumette pouvant conduire à l'embrasement.

Il isola successivement un vieux Latino fatigué qui cassait des graines de tournesol entre ses incisives ; une jeune femme grasse à l'air rêveur, caressant une plante grasse et rêveuse elle aussi ; et un Yankee au cou de taureau dévorant un beignet. La récolte était maigre. Personne dans cette gare ne portait son passé ni ses failles en banderole. Chacun tuait les heures avec une hargne molle d'écraseur de mouches.

Tandis qu'il s'ébouillantait à petites gorgées, l'attention de Jacques fut attirée par un garçon d'une douzaine d'années assis un peu plus loin. Couvrant un carnet bleu d'une écriture rapide, le jeune adolescent relevait de temps à autre son front partiellement boutonneux, indifférent au va-et-vient ambiant, tout entier absorbé par ce qu'il était en train de rédiger.

Jacques le contempla avec un sentiment d'admiration empreint de jalousie. Lui-même n'avait jamais osé écrire dans sa prime jeunesse, malgré l'ébullition des mots sous sa peau. Il avait dû attendre ses dix-huit ans, et le compagnonnage de sorbonnards moins inhibés que lui pour avoir l'audace de composer ses premières nouvelles. C'est toujours par mimétisme qu'il avait soumis l'un de ces récits à un concours étudiant ; concours qu'il avait remporté sans y croire, et qui lui avait valu l'intérêt d'un jeune éditeur, membre du jury, lui proposant d'écrire un roman à partir de sa nouvelle primée. Jacques avait failli refuser, persuadé de ne pas être à la hauteur d'une telle requête. Mais le charisme enflammé de Bertrand ainsi que l'à-valoir de deux mille francs promis par celui-ci avaient eu raison de ses réticences ; et c'est ainsi que *Rarement soi,* l'histoire d'un jeune provincial naïf tombant sous la coupe d'un groupuscule gauchiste, avait vu le jour.

Les compartiments du train étaient étonnamment vétustes. Une fine couche de poussière recouvrait même les vitres. Les passagers semblaient pourtant joyeux de s'en remettre à la léthargie programmée d'un voyage de deux heures. Tous déployaient des sandwichs, des bouteilles de soda et des magazines et s'agitaient avec bonne humeur en essayant d'insérer des valises en surcharge pondérale dans des porte-bagages faméliques.

Le jeune garçon qui avait retenu l'attention de Jacques à la gare se trouvait à quelques sièges de lui, le front toujours baissé sur son carnet, qu'il noircissait à folle allure ; et c'est pour ne plus le voir que Jacques se tourna vers la vitre derrière laquelle défilait un paysage encrassé, à la grisaille monochrome. Exaspéré soudain par cette journée qui n'en finissait pas, il ferma les yeux et s'assoupit à moitié. Il se retrouva alors jeune homme d'à peine vingt ans, dans un autre wagon en route pour Cestin, le village de son enfance, quelques jours avant la parution de son premier roman.

À bord du train qui le rapprochait de sa mère, il s'était délecté par avance de ses larmes de joie, de ses embrassades, de ses exclamations : « Mon fils est écrivain ! », et n'avait cessé de vérifier, entre deux rêveries, que le livre se trouvait toujours dans la poche de sa veste. Malgré tous les espoirs dont il était chargé, c'était un ouvrage extraordinairement léger.

Sa mère était venue le chercher à la gare, comme à son habitude. Jacques s'était promis de ne pas craquer, de ne rien lui dire avant qu'ils soient entrés dans la maison, qu'ils aient ôté leur manteau et qu'elle ait mis à chauffer la bouilloire ; mais il avait fini par lui tendre le livre dans le vestibule, exténué d'impatience.

Elle l'avait examiné une seconde, embrassant du regard la belle couverture, le nom de Cascade s'étalant sur la tranche ; puis elle l'avait posé sur le guéridon. Un endroit peu enviable, l'antichambre de la poubelle. « Tu m'aides à vider le poulet ? » lui avait-elle demandé d'un ton égal en entrant dans la cuisine. Confiant, il avait attendu qu'elle en ressorte précipitamment. Il aurait vu, dans les quelques instants différant le moment où il lui avait remis le livre et celui où elle l'aurait serré dans ses bras et agoni de mots tendres, le gage de l'émotion bien compréhensible de sa mère.

Mais celle-ci n'avait pas reparu. Toutes les aspirations de Jacques, tous ses espoirs de douceur maternelle s'étaient alors consumés dans l'espace restreint de ce silence. Lorsqu'il avait quitté la maison le dimanche soir, il s'était aperçu que son livre n'avait pas bougé du guéridon.

Quelques années plus tard, alors que Jacques était au faîte de sa gloire littéraire – faîte qu'il croyait une simple étape dans son irrésistible ascension vers le succès – une journaliste lui avait demandé : « Pourquoi écrivez-vous ? » Une question a priori simple, mais qui l'avait plongé dans un abîme de perplexité.

Il avait été incapable d'énoncer les origines de cette démangeaison singulière, de mettre des mots sur les souffrances tapies sous la blessure ouverte de l'écriture, de déterrer les flèches qui avaient pu enfanter cette plaie impudique et saignante. Il avait bafouillé, pâli, tenté une pirouette maladroite pour s'extraire de cette mauvaise passe, sans parvenir à trouver de formule adéquate pour pallier le vide qui l'avait soudain envahi. Pourtant la réponse se serait imposée d'elle-même si la journaliste avait remplacé son *pourquoi* par *pour qui*.

C'était bien sûr pour sa mère qu'il avait écrit et qu'il continuait d'écrire, sa mère qui lui avait refusé l'honneur de sa première lecture, sa mère dont il cherchait l'assentiment depuis dans chaque ligne qu'il traçait.

3.

Contrairement à l'image que Jacques se forgeait d'un directeur de résidence d'écriture, William Jenkins – Will, comme ce dernier demanda à Jacques de l'appeler – n'était ni laid, ni vieux, ni gros. C'était un jeune homme athlétique et charmeur en compagnie duquel on aurait volontiers grillé des saucisses le dimanche en éclusant quelques bières.

Pour l'heure, Will ne grillait aucune saucisse mais conduisait avec la décontraction souple d'un Cary Grant, une main sur le volant de sa Chevrolet, une autre dans les poils blonds d'Helmut, chow-chow de taille admirable bavant avec passion sur le tableau de bord.

Si le moteur de la Chevrolet ne cessa de maugréer tout au long du trajet, Will se révéla en revanche un plaisant compagnon de route, amical et pas trop bavard. Son anglais enchanta Jacques par sa précision. Lui-même fut étonné par son aisance à s'exprimer dans cette langue qu'il n'employait presque jamais hors du cercle familial.

La résidence d'écriture se situait au nord de l'État de New York, soit en rase campagne. Jacques le savait mais ne l'avait pas anticipé, imaginant naïvement que la campagne américaine n'aurait rien en commun avec sa cousine française, qu'elle serait bétonnée. Mais il voyait les mêmes arbres qu'à Cestin étirer leurs ombres noires sur le bord de la route ; et derrière les carreaux voilés des maisons, il devinait qu'on sirotait les mêmes alcools forts que chez lui, et le même ennui tassé au fond de petits verres. Reportant son attention sur le chow-chow, dont il essayait d'éviter les coulées de bave, Jacques songea à quel point il détestait la campagne, et tout ce qui s'y rapportait : les poivrots encastrés dans le zinc des comptoirs, l'absence d'anonymat, l'étroitesse des rues et des esprits. Il n'y avait qu'en ville qu'il pouvait prétendre oblitérer le passé, qu'en ville qu'il pouvait échapper à la désolation de son enfance.

Un panneau fiché dans le bas-ventre d'une colline enneigée leur indiqua qu'ils étaient sur le point d'entrer dans le périmètre de la résidence Oscar Wilde. Jacques sentit l'appréhension lui grignoter les intestins. La première et dernière résidence d'écriture à laquelle il avait pris part quatre ans auparavant lui avait laissé un souvenir cuisant. Sur le papier pourtant, tout était idéal : un mas lézardé par le soleil dans un village près d'Uzès, et le chant lénifiant des cigales comme unique entorse au silence. Le havre de paix auquel tout écrivain aspire, loin des pollutions inhérentes à la vie urbaine.

En fait de havre, Jacques avait dû assurer la fonction d'animateur culturel durant cinq longues semaines. Il avait lu des poèmes dont il n'était pas l'auteur à un public clairsemé de vieillards qui auraient préféré jouer à la pétanque ; avalé des fougasses du matin au soir, en compagnie des cancanières du club de lecture ; arbitré des débats dont tout le monde se fichait éperdument, lui le premier, et dont la ruée finale vers le buffet constituait le point d'orgue. Jacques était rentré chez lui sans avoir écrit une ligne. Tout ce qu'il avait gagné au cours de ce misérable séjour financé par la DRAC, c'était trois kilos qu'il n'avait jamais réussi à perdre.

Cependant, son éditeur Bertrand lui avait assuré que cette résidence-ci, d'une durée de six semaines, n'aurait rien à voir avec la précédente. Il s'agissait d'un programme récent, entièrement financé par des mécènes privés, et recrutant romanciers, poètes, essayistes, dramaturges et scénaristes de tous horizons – rien que le caviar de la littérature internationale, avait promis Bertrand. Jacques pourrait y poursuivre l'écriture de son douzième roman dans les meilleures conditions possibles.

La résidence était en tous points conforme à la brochure qu'il avait reçue par mail. Composés de deux étages identiques, ses quatre bâtiments à l'architecture néocoloniale exhibaient des façades peintes en crème, tatouées par des rangées de volets verts. Le premier bâtiment, expliqua Will, rassemblait les espaces communs ; le deuxième et le troisième, qui se faisaient face, les studios des résidents ; tandis que le dernier, au fond de la propriété, était dédié aux espaces de travail.

Le directeur gara sa Chevrolet aux côtés d'une Jeep et d'une Honda de location avant d'offrir à Jacques un tour du propriétaire – Helmut le chow-chow, qui connaissait déjà l'endroit, choisit de rester dans la voiture.

Will et Jacques commencèrent la visite par le cottage Dorian-Gray, le bâtiment communautaire. Ils traversèrent la bibliothèque, le salon et la salle à manger sans marquer la moindre pause, mais ce passage éclair laissa à Jacques une impression de luxe confortable – plafonds hauts, boiseries, tapis moelleux. Ce n'est qu'une fois dans la cuisine, pièce maîtresse de la résidence, que le directeur daigna s'attarder.

Les dîners étaient préparés par une cheffe cuisinière et servis chaque soir à dix-neuf heures trente précises. Cette dernière prenait également en charge les courses pour l'ensemble des repas, les résidents étant invités à noter, sur le bloc de Post-it que brandit Will, leurs requêtes spécifiques. En revanche, chacun s'occuperait de mettre et débarrasser la table, ainsi que de remplir et vider le lave-vaisselle à tour de rôle.

« Du vin est prévu pour les repas du week-end, mais si vous souhaitez boire durant la semaine, il faudra que vous vous organisiez entre résidents pour aller en ville acheter de l'alcool », précisa Will. Jacques se demanda s'il s'agissait d'une simple question de budget ou d'une mesure de précaution pour éviter que les auteurs ne sombrent dans l'alcoolisme.

La véranda attenante à la cuisine ouvrait sur le jardin. Jacques descendit les quelques marches du perron et s'avança parmi les arbres rachitiques aux branches lourdes de neige : des araignées saupoudrées de sucre glace. Quelques tables et des bancs colorés trouaient le givre ici et là, telles les pièces d'un jeu de construction à taille humaine.

Au creux de la vallée en contrebas s'étalait un parc émaillé de sculptures, offertes à la résidence par des artistes cotés dont Jacques n'avait jamais entendu le nom auparavant. Ce parc était barré d'est en ouest par un étang gelé formant une patinoire naturelle sur laquelle Camille aurait demandé à aller glisser. Il l'imagina les mains fourrées dans une paire de moufles trop grandes, les joues violettes et marbrées par le froid, et cette image lui fit du bien, comme un souvenir clandestin retrouvé au fond d'une poche.

Will pointa le couvert d'une forêt dense qui assombrissait l'arrière-plan. C'était là que se trouvaient les fameuses cascades donnant leur nom à la localité, White Falls ; la balade était belle, mais mieux valait s'y aventurer muni d'un plan et d'un téléphone. Pas plus tard que la semaine dernière, une touriste israélienne s'était égarée et il avait fallu organiser une battue pour la localiser. Jacques crut que Will exagérait, mais le directeur ajouta qu'on avait retrouvé la jeune femme à la tombée de la nuit, délirante et fiévreuse. Un sourire rassurant se substitua à son air grave, et il posa une main sur le bras de Jacques. « Je n'ai aucune inquiétude en ce qui vous concerne. Vous n'êtes pas du genre à vous égarer, si ? »

Jacques eut la désagréable impression que Will avait déjà établi une rapide cartographie de sa personne, et que, par cette question rhétorique, il ne faisait que vérifier une première intuition : Jacques était au contraire de ceux qui s'égarent et avancent dans la vie à tâtons, comme sur une route mal éclairée.

Après lui avoir fait visiter le bâtiment Sybil Vane, qui rassemblait les espaces de bureaux, Will conduisit Jacques au cottage Basil Hallward réservé aux résidents masculins. Le hall d'entrée était aménagé sommairement : une plante verte irradiant de santé, une imprimante aux allures de vaisseau spatial et un piano noir.

En effleurant la plante, Jacques s'aperçut qu'elle était en plastique. Il se surprit à penser que Will avait quelque chose d'artificiel lui aussi : avec son sourire inamovible, le directeur était un peu trop lisse pour être entièrement vrai.

L'appartement qui avait été alloué à Jacques se situait au rez-de-chaussée. Refait à neuf, il se composait d'une chambre pourvue d'un lit *king size,* d'une petite salle de bains avec baignoire, ainsi que d'une pièce à vivre où il pourrait lire, travailler, se reposer et même recevoir d'éventuels invités. Il s'extasia devant le bureau à l'ancienne, équipé d'un élégant trieur à courrier et d'un presse-papier en fonte. Il sut qu'il travaillerait là, dans cette atmosphère confortablement studieuse, plutôt que dans les bureaux modernes et aseptisés du bâtiment Sybil Vane.

« J'espère que vous vous sentirez bien ici, déclara Will, onctueux. N'hésitez pas à revenir vers moi ou n'importe quel membre du staff si vous avez besoin de quoi que ce soit. »

Le directeur habitant Brooklyn, il ne serait présent à White Falls qu'un ou deux soirs par semaine. En son absence, un *handyman* – expression idiomatique que Jacques traduisit mentalement par *homme à tout faire* – passerait chaque jour faire du jardinage et régler les éventuels problèmes domestiques. Une femme de ménage s'occuperait quant à elle de la propreté des studios ainsi que des espaces communs (car il était inenvisageable que les auteurs s'épuisent à nettoyer leur propre crasse).

Amorçant la fin de la visite, Will offrit à Jacques un dernier sourire un peu factice. « Je vous laisse déballer vos affaires et vous installer tranquillement. N'oubliez pas que le dîner est servi à dix-neuf heures trente dans la salle à manger. »

Quelques minutes après le départ du directeur, Jacques prit conscience de la forte odeur exhalée par la moquette neuve qui tapissait sa chambre. Il ouvrit une fenêtre pour aérer mais la referma presque aussitôt, découragé par le vent glacé. Il se trouvait donc confronté à un dilemme : mourir gelé ou intoxiqué aux vapeurs de moquette. Il ne lui en fallait pas plus pour regretter le confort de son duplex parisien avec tous ses objets familiers à portée de main.

Il opéra un demi-tour sur lui-même, examinant les lieux. Quelque chose le gênait dans cette chambre. Il avait l'étrange sentiment d'être observé, comme cela pouvait lui arriver lorsqu'il se livrait à des activités vaguement honteuses, ne pouvant s'exercer que dans la plus stricte intimité.

Il alla de nouveau à la fenêtre. Il observa le jardin alourdi par l'obscurité et la neige, crissant des mille silences de la nuit en approche ; puis il ferma les rideaux, décrétant ainsi la clôture de cette journée encore dépourvue d'habitudes, de totems familiers. Ne sachant que faire de lui-même, il s'allongea sur le lit où il décida d'attendre l'heure du dîner, fixant le plafond où dérivaient le visage rond de Camille, et celui, plus anguleux, d'Alicia. S'éloigner d'elles, de Camille surtout, lui faisait l'effet d'une amputation. Puis il se rappela qu'Alicia avait omis de lui souhaiter son anniversaire, et son accès de mélancolie s'estompa.

4.

À dix-neuf heures vingt-cinq, une cloche sonna dans le lointain : le dîner était prêt. À dix-neuf heures trente, Jacques, Will et les autres résidents s'assirent autour du repas servi par Louisa, une femme semblable en tous points à la soupière qu'elle posa sur la table : elle arborait une masse de cheveux noirs coupés court en guise de couvercle, et ses larges hanches auraient aisément pu faire office d'anses.

Jacques inclus, le nombre de résidents s'élevait à six. Il y avait Holly Bloom, une essayiste de soixante-deux ans, native de Boston, dont Jacques pressentit qu'elle serait le leader autoproclamé de leur petit groupe (parce qu'elle était la doyenne, et qu'elle était américaine – deux arguments à l'autorité indiscutable).

Venait ensuite Dave Godwin, un journaliste anglais d'une quarantaine d'années, laid et sympathique, qui parlait d'un ton à la fois sérieux et sceptique donnant l'impression à ses interlocuteurs d'être constamment interviewés. Outre sa position d'analyste politique pour la BBC, Dave exerçait les fonctions de scénariste et de dramaturge : une triple identité professionnelle qu'il revendiquait avec la vigueur d'une minorité opprimée.

Assise à côté de lui, Cheyenne Hassibi, une jeune auteure américano-iranienne de vingt-sept ans, fondue dans un immense sweat à capuche, couvait l'assemblée d'un regard timide. Elle commença à se dégeler et à participer à la conversation après trois verres de vin. Quant au poète indien Ritesh Chakir, il arborait la moustache la plus éloquente que Jacques ait jamais vue. Tantôt lisse et conciliante, tantôt hérissée et hargneuse, elle réagissait avec vigueur aux propos de ses interlocuteurs – contrairement à son propriétaire qui se tint aimablement silencieux la majeure partie du dîner. La dernière résidente était Solen Garnier, une romancière française d'une trentaine d'années que Jacques connaissait de nom. Il ne lui était pas venu à l'esprit qu'il puisse y avoir à White Falls un autre auteur français, reliquat du petit monde germano-pratin qu'il avait fui, et le déplaisir qu'il en éprouva fut aussi vif qu'imprévu.

Jacques avait pratiquement renoncé à lire ses contemporains, craignant que les mots des autres ne l'éclaboussent. Les seuls écrivains hexagonaux qu'il lisait volontiers, c'était les Zola, Maupassant, Balzac et Flaubert dont il pouvait louer la beauté en toute impunité, puisqu'ils étaient morts et ne risquaient donc plus de lui faire concurrence. Les primo-romanciers aux dents longues, érigés en nouveaux prétendants au trône à chaque rentrée littéraire, étaient ceux dont il se méfiait le plus. D'autant que la cadence s'accélérait sans cesse, les nouveaux venus se bousculaient aux portillons de septembre et de janvier, s'installant avec fracas en haut des meilleures ventes sans que personne ne les ait vus venir, renversant les hiérarchies en place par la grâce de quelques formules édifiantes, leur jeunesse affichée en cocarde sur leurs couvertures.

Peut-être était-ce parce qu'il vieillissait, mais Jacques trouvait de plus en plus difficile d'exister dans un pays où chacun, paraît-il, a un manuscrit dans les tiroirs, nourrissant le rêve de, peut-être, un jour, qui sait… ?

Pris en étau entre les arrivistes à succès telle Solen Garnier qui, en une infime poignée de romans, s'était offert une place de choix sur la scène médiatique, et les poids lourds indéboulonnables – les Marc Levy, Amélie Nothomb, Guillaume Musso, Anna Gavalda et autres Michel Bussi – qui s'étalaient dans les rayonnages des supermarchés et sur le flanc des bus, Jacques se demandait s'il lui restait encore un rôle à jouer au sein de ce grand carnaval littéraire.

Il traquait les signes de sa déchéance à venir comme autant de cheveux blancs annonciateurs de sénilité.

Ainsi, lors de ses dernières séances de dédicaces, Jacques avait-il constaté que les lecteurs se raréfiaient, et qu'ils n'étaient plus aussi enthousiastes qu'autrefois. Bien sûr, ces derniers restaient l'écouter lire des passages de son roman, recueillis dans un silence attentif, avant de lui demander d'apposer son paraphe sur la page de garde du livre fraîchement acquis. Mais ils s'adressaient à lui gentiment, sans passion, le traitant avec les égards modérés que l'on doit à un vieil oncle radoteur dont l'on connaît déjà toutes les histoires.

Quant aux journalistes qui faisaient la pluie et le beau temps des ventes, ils ne s'embarrassaient plus de faire parvenir à Jacques des invitations à venir s'exprimer sur tel plateau de télé ou telle station de radio. De toute façon, il lui aurait été impossible de lutter contre la télégénie blonde d'une Solen Garnier, son assurance toute parisienne et ses grands yeux qu'elle maintenait écarquillés en permanence, au cas où quelqu'un n'ait pas remarqué à quel point ils étaient bleus.

Jacques l'aurait d'ailleurs trouvée belle, sans doute, si ses sourcils n'avaient pas été si touffus. Il avait une dent contre la mode de l'œil pileux, très en vogue chez les écrivains femmes visiblement trop cérébrales pour consacrer du temps à une activité aussi triviale que l'épilation.

Il repensa à un échange qu'il avait eu à ce sujet avec Alicia.

« Qu'est-ce que tu ferais si j'arrêtais de me raser les jambes ? lui avait-elle demandé, sérieuse, un jour où elle s'était entaillé le mollet avec la lame de son rasoir.

— Je demanderais le divorce.

— Tu peux me répondre sérieusement ?

— Je ne sais pas... J'essayerais d'abord de comprendre d'où te vient cette idée stupide.

— Et après ?

— Après, j'essayerais de te convaincre de t'épiler à nouveau.

— Pourquoi ?

— Parce que, parce que, j'aime que les femmes soient belles, c'est tout, avait répliqué Jacques, soudain contrarié d'avoir à se justifier. Surtout la mienne.

— Par belle, tu entends sans poils ?

— ...

— Tu as conscience qu'il s'agit d'une barrière naturelle du corps pour se protéger du froid ?

— ...

— Et qu'en forçant les femmes à enlever cette barrière, au nom d'un soi-disant impératif de beauté, on les rend vulnérables ? »

Alicia brandissait son mollet sanglant comme si Jacques en était le responsable.

« Tu me demandes mon avis, je te réponds, avait rétorqué Jacques, excédé. Oui, je suis un immonde macho qui préfère que les femmes s'épilent parce que j'y suis habitué et que ça correspond à mon esthétique de beauté féminine, c'est ça que tu veux entendre ? Et bien voilà, je te le dis.

— Quand Camille sera plus grande, ton discours évoluera, tu verras », avait professé Alicia, coupant court à la discussion.

Jacques détestait qu'Alicia fasse référence, même de manière détournée, à l'appartenance de Camille au genre féminin. Pour l'heure, heureusement, leur fille n'avait pas de sexe. Elle aimait la danse et les mathématiques, regarder les matchs de la NBA, manger des éclairs au café et faire des concours de rots avec ses copines. Il n'y avait donc aucune urgence à songer à sa pilosité future, ni aux moyens qu'elle choisirait d'employer ou non pour s'en débarrasser.

« Vous vous êtes blessé ? » s'enquit Solen tandis que Jacques la servait en pommes de terre, et il se rendit compte qu'il avait complètement oublié d'enlever Porcinet. Il arracha le pansement d'un coup sec avant de passer le doigt sur sa coupure.

La conversation menée au cours de ce premier dîner n'évita aucun des écueils qu'une rencontre entre écrivains supposait. Les résidents parlèrent donc de minimums garantis, de pourcentages et de contrats d'édition durant près d'une heure avant d'évoquer le mercato de la scène littéraire new-yorkaise.

Holly saisit cette occasion inespérée pour mentionner tous les auteurs, agents littéraires et éditeurs qu'elle connaissait personnellement. À l'en croire, elle brunchait avec l'écrivain Jonathan Safran Foer tous les dimanches et fréquentait le même salon de massage que la romancière Siri Hustvedt. Mort d'ennui, Jacques ne cessait de se resservir en curry de bœuf et surtout en beaujolais, resservant par la même occasion la jeune Iranienne dont le visage empourpré par l'alcool semblait avoir atteint sa couleur finale : un beau lie-de-vin tirant sur le grenat.

Pointant sa fourchette vers Jacques, Holly déclara d'un ton soupçonneux :

« Vous parlez très bien anglais, pour un Français. »

Son commentaire était d'autant plus désagréable qu'elle n'avait fait aucune réflexion de la sorte à Solen, comme s'il allait de soi qu'une jeune femme belle et brillante maîtrise les subtilités de cette langue ; tandis qu'une telle qualité, chez un individu aussi approximativement rasé que Jacques, relevait du miracle.

« Ma femme est américaine, répliqua-t-il froidement.

— Ah ! L'œil de Holly s'alluma. Je comprends mieux. Elle est également écrivain ?

— Non, elle travaille comme responsable marketing d'une entreprise pharmaceutique bio.

— C'est tout à fait intéressant », dit Holly, mais Jacques vit son regard s'éteindre aussi soudainement qu'il s'était éclairé.

Will s'éclipsa sitôt le dîner débarrassé. Le reste du contingent accepta l'offre de Ritesh qui, prenant la parole pour la première fois de la soirée, leur proposa d'aller dans la bibliothèque boire un digestif – il avait apporté avec lui une bouteille de whisky indien de la marque Amrut.

Le poète se chargea de remplir les verres tandis que chacun prenait place dans un des larges fauteuils en cuir assemblés en demi-cercle autour de la cheminée. Dave, le journaliste, scénariste et dramaturge anglais alluma un feu avec une fierté que Jacques jugea excessive mais touchante, et la pièce se para d'une chaleur intimiste qui ne suffit pourtant pas à compenser la tiédeur embarrassée des échanges. Sans le prétexte du dîner qui donnait un semblant de cohésion à leur assemblée disparate, les six écrivains redevenaient des individus étrangers les uns aux autres, n'ayant rien de plus ni de moins en commun que le fait de gratter du papier pour vivre – ce qui ne pesait pas lourd.

« Un peu de musique ? » suggéra Ritesh pour détendre l'atmosphère. Il faisait référence au tourne-disques posé sur un petit secrétaire.

Tandis que le *Clair de Lune* de Debussy déliait ses premières notes, Dave prit l'offensive en lançant le sujet du premier tour des élections présidentielles françaises. Mais Jacques le coupa dans son élan :

« Ne parlons pas politique, par pitié. En tout cas, pas dès ce soir. »

La conversation dévia alors autour d'un film sur les enfants-soldats dont Dave disait avoir écrit le scénario et que Solen disait avoir vu. Jacques n'était pas dupe : si la jeune femme forçait son enthousiasme c'était uniquement parce qu'ils allaient passer six semaines ensemble et qu'il lui paraissait préférable d'instaurer un climat amical. Mais lui ne se souciait guère d'être aimable et il se désintéressa rapidement de l'échange.

Dans la cheminée où se consumaient déjà les premières bûches, il put se représenter avec netteté le visage d'Alicia. Il songea qu'ils s'effritaient au contact l'un de l'autre, qu'ils se diminuaient à vivre ainsi, ensemble mais séparés, qu'ils abîmaient leur histoire. La tristesse de Jacques était cependant moins vive qu'à New York ; comme s'il en avait égaré un peu lors du brusque changement de décor qui l'avait vu passer de la clameur trépidante de la ville à la placidité morne de la campagne.

L'idée de rompre avec sa femme se précisait comme un cauchemar qui, se rapprochant de l'heure du réveil, gagne peu à peu en réalité. Perdre Camille, en revanche, était impensable. Sa fille était l'étoile ordonnant sa galaxie, l'ultime lumière éclairant ses trous noirs. La perdre serait comme de perdre sa faculté à marcher, parler, ou même respirer. Si Jacques avait une seule certitude, c'est que la vie sans Camille ne valait pas la peine d'être vécue. Or, pour l'avoir observé chez nombre d'amis divorcés, Jacques savait qu'il est difficile, voire impossible pour un père de bâtir une relation viable avec un enfant qu'il ne voit qu'un week-end sur deux. Il se transforme en machine à distribuer des billets, en inspecteur des bonnes notes, en Guignol à faux sourires et matraque en carton. Il échange quelques bons mots avec lui, crée de fausses connivences le temps d'un déjeuner ; mais sous le vernis de l'affection réciproque, il n'y a souvent qu'une fissure qui se creuse jusqu'à former un gouffre.

Lorsque Jacques revint à lui, il s'aperçut que Holly, Cheyenne, Dave et Solen s'étaient éclipsés l'un après l'autre, le laissant seul avec le poète mutique. Les sens émoussés par l'alcool, Jacques ne parvenait pas à déterminer s'il s'agissait d'un silence cordial ou hostile. Néanmoins il demeura assis dans ce silence, physiquement incapable du moindre mouvement, perclus d'une fatigue qui l'engloutissait peu à peu telle une mer montante.

Au bout d'un moment – Jacques s'était alors peut-être déjà endormi – Ritesh se leva, lui toucha le front du bout des doigts et quitta la pièce suivi par une armée silencieuse de tigres, de perroquets et de danseuses du ventre grassouillettes qui s'évaporèrent en un battement de cils.

*

Il y a un homme assis près de la cheminée, tenant un verre à moitié rempli d'un liquide brun pâle. Selon toute vraisemblance, il s'agit de son père. Mais l'enfant n'en est pas sûr car cela fait presque quatre ans qu'il ne l'a pas vu.

« Viens m'embrasser », dit la voix de l'homme.

L'enfant ne veut pas mais sa mère lui pince le bras sans tendresse.

« Fais ce qu'il te dit », chuchote-t-elle, la voix bruissant d'une colère rentrée.

C'est pour ne pas la peiner elle qu'il se résigne à venir poser ses lèvres sur la joue piquante.

« Laisse-moi te regarder », dit l'homme en lui posant une main sur le crâne pour l'empêcher de bouger – l'enfant a l'impression d'être une vis maintenue par un écrou. « Quel âge ça te fait ?

— Neuf ans.

— Neuf ans ! Ça passe, hein ? »

L'homme ébauche ce qui ressemble à un sourire ; mais ses yeux gris demeurent froids et secs comme des petits cailloux.

Libéré de la main-écrou, l'enfant fait mine de monter dans sa chambre mais reste caché en haut de l'escalier, tapi derrière la balustrade. D'ici il peut presque tout voir. Il aimerait que sa sœur D soit là et espionne les adultes avec lui. Mais elle est partie en ville, juchée sur la mobylette d'un garçon qu'elle fréquente, dès qu'elle a su que l'homme serait là.

Sa mère et l'homme parlent à voix basse. Bras croisés sur la poitrine, elle regarde le feu comme si c'était à lui qu'elle s'adressait. L'homme tend la main, lui effleure le coude. L'enfant se raidit en même temps que sa mère. Soudain l'homme pleure. C'est un chagrin aussi dévastateur qu'inattendu, un chagrin chaotique et désarticulé qui paraît venir d'ailleurs tant il ne convient pas à sa carcasse de géant. La mère esquisse un geste de tendresse qui se casse avant même d'avoir atteint la joue piquante.

« Arrête, dit-elle. Va-t'en ! »

L'homme se met debout, dégoulinant de larmes. Il est tellement grand que sa tête loge presque au milieu des poutres. L'enfant le trouverait comique s'il ne lui faisait pas tant pitié. L'homme enfile sa veste posée sur le fauteuil, puis s'en va.

Restée seule, sa mère se saisit du verre rempli de liquide brun, qui paraît noir vu d'en haut. L'enfant se demande si elle va le boire ou le jeter au feu. Finalement elle repose le verre et monte l'escalier. L'enfant s'enfonce dans la pénombre pour qu'elle ne le voie pas. Il l'entend qui s'enferme dans sa chambre.

Il attend un peu. Quand il est sûr qu'elle a avalé ses cachets pour dormir, il descend sans bruit et regagne le salon. Le feu s'est éteint et il fait froid. L'enfant s'enfonce dans le fauteuil où subsiste encore l'odeur laissée par l'homme ; il fait tourner le verre entre ses doigts. La couleur du whisky, mordorée et changeante, le fascine. On dirait que le feu a irisé l'alcool, délaissant l'habitacle de la cheminée où il se diluait pour renaître dans l'écrin transparent du verre.

L'enfant trempe ses lèvres dans le feu devenu liquide. La brûlure est telle qu'il lâche le verre de surprise. Il regarde l'alcool se répandre sur le tapis assoiffé.

Bientôt il ne reste plus de l'homme qu'une tache grise et collante.

5.

Après le verre de whisky bu en compagnie des autres résidents, Cheyenne Hassibi décida de prendre la direction du parc plutôt que celle de sa chambre, désireuse d'étirer encore un peu cette première journée. Les lieux lui deviendraient familiers trop vite ; elle voulait s'émouvoir de leur authenticité tant qu'elle le pouvait encore.

Elle s'était déjà promenée dans le parc un peu plus tôt dans la matinée et, bien qu'il fasse nuit à présent, elle parvint sans mal à se repérer au milieu des sculptures et à retrouver celle qui lui avait plu : un gigantesque emmental pourvu d'alvéoles à taille humaine où, comme elle put le vérifier, elle parvenait à se loger de manière confortable. Elle reviendrait écrire ici. Ce trou de fromage lui servirait de bureau. Le bureau d'une vraie petite souris, songea-t-elle. « *Petite souris* » : c'était ainsi que son frère Gaîdzag l'avait surnommée. Gamine, elle était toujours fourrée dans les moindres espaces où elle pouvait se glisser, inatteignable et observant tout.

« Si tu continues à m'espionner, tu vas finir dans le tranchoir à viande », l'avait menacée son frère un jour où elle l'avait surpris à feuilleter un magazine rempli de jeunes filles peu vêtues. Le tranchoir à viande désignait l'abattoir à quelques rues de chez eux, à l'époque où ils habitaient Little Persia, le quartier iranien de Los Angeles. De ce tranchoir, Cheyenne nourrissait une peur non pas bleue mais rouge, de la couleur des boyaux et du sang qui, d'après Gaïdzag, en tapissaient le sol et les murs.

À toute heure du jour et de la nuit, l'abattoir dégageait une odeur écœurante de viande calcinée qui finissait par devenir nauséabonde si l'on traînait un peu trop devant ses grilles. Mais ce qui terrorisait le plus Cheyenne, c'étaient les fresques peintes sur les façades illustrant la mise à mort d'un troupeau de joyeux petits cochons. Animé par une gourmandise morbide, le peintre n'avait omis aucun détail visuel de ce meurtre de masse, allant jusqu'à peindre l'âme des cochons égorgés s'envolant vers le paradis. Ces porcs fantasmatiques affublés de minuscules ailes d'anges, aux membres rebondis de gymnastes olympiques, avaient quelque chose d'obscène qui forçait Cheyenne à détourner le regard chaque fois qu'elle passait devant eux.

Tant qu'elle avait vécu sous le même toit que son frère, elle s'était efforcée de ne plus l'espionner, par peur du tranchoir ; mais une fois à l'abri de l'un comme de l'autre, elle avait repris l'habitude de se cacher sous les lits et dans les armoires. Là, elle regardait les autres vivre avec une aisance d'autant plus naturelle qu'ils ne se savaient pas épiés. Elle admirait sa mère en train d'accomplir les gestes du quotidien, enfilant ses collants en veillant à ne pas les filer, tressant une natte épaisse du bout de ses doigts vifs ou s'épilant le dessus des lèvres à la pince, faisant peu à peu disparaître ce duvet ombré que Cheyenne aimait tant.

Puis les lits comme les placards étaient devenus superflus. Cheyenne n'avait qu'à convoquer leur image pour qu'ils se matérialisent, et devenir invisible.

Ce soir, lors du dîner, elle avait ainsi veillé à rester floue, alternant des phases d'observation silencieuse où elle demeurait perméable aux autres et des moments de pur repli.

Mais demeurer à l'abri dans son placard psychique exigeait une concentration extrême. À un moment qu'elle ne parvenait pas à situer avec précision, elle avait dû relâcher sa vigilance, étourdie par le vin que le Français ne cessait de lui resservir. Car lorsqu'elle avait réintégré son rôle de témoin passif, elle avait remarqué le regard du Britannique qui s'attardait un peu trop sur elle, la fixant comme s'il voulait lui dérober quelque chose. Dans la bibliothèque, elle avait fui ses œillades, les seins et la bouche en dedans pour ne laisser aucune prise à son désir et redevenir la gamine timide sur laquelle le regard des hommes glissait sans s'attarder. Et elle y était finalement parvenue : quand elle avait annoncé à la compagnie des buveurs de whisky qu'elle se retirait, Dave avait levé la tête et lui avait souhaité une bonne nuit sans qu'aucun regard appuyé ne vienne s'immiscer entre ces deux mots.

Cheyenne introduisit la clé dans la serrure de la porte menant à son appartement, situé au rez-de-chaussée du cottage Lord Henry. À son grand soulagement, celle-ci s'ouvrit avec un petit clic rassurant sans qu'elle ait besoin de forcer. L'appartement de Chinatown, à New York, où ils avaient emménagé quand elle avait onze ans était équipé d'un très vieux système de verrouillage qui se bloquait parfois. Son père se refusait à appeler un serrurier, et elle rentrait chaque jour du collège la boule au ventre, craignant de rester enfermée dehors – une angoisse restée d'autant plus vive qu'elle ne se concrétisa jamais.

Cheyenne entra sans prendre la peine d'allumer la lumière et buta contra la valise laissée en plein milieu de l'entrée. Elle la traîna sous le lit, ne songeant même pas à l'ouvrir pour ranger ses affaires dans l'armoire. Elle aimait l'idée de pouvoir s'enfuir à tout moment en empoignant sa vie réduite à l'essentiel : quelques robes, T-shirts et pulls, et des échantillons de produits de beauté semblant destinés à une poupée et non à une femme de chair et d'os.

Elle s'allongea sur le matelas sans avoir le courage de se déshabiller. Ses pensées musardaient, dévidant le fil de la soirée qui venait de s'écouler. Avec sa beauté de madone et son aisance, Solen lui avait fait forte impression. Quant à Jacques, l'autre écrivain français, elle avait été charmée par son physique un peu rauque, ses manières abruptes ; mais son âge lui défendait de songer à lui en des termes érotiques. Les hommes expérimentés ne l'attiraient pas, contrairement à sa colocataire Trisha qui ne jurait que par des *sugar daddies* lui dispensant, outre leurs largesses financières, une sagesse bon marché l'exonérant de tout apprentissage personnel.

Les conquêtes sexagénaires de Trisha sortaient parfois en boîte avec leur bande ; croyant parler *jeune*, ils s'empêtraient dans une familiarité embarrassante ; mais il était plus gênant encore de les voir se dandiner sur la piste, leur ventre flottant sur leur pantalon de costume, disgracieuse bouée qui n'avait jamais servi à sauver personne, pas même Trisha effondrée sur le bar. Cheyenne, elle, n'avait rien d'une feuille blanche attendant qu'on y appose de l'encre ; et puis l'idée d'une peau molle et non ferme et élastique comme la sienne l'écœurait. C'est avec insouciance qu'elle préférait la jeunesse, la sienne comme celle des autres.

Elle fit coulisser son pantalon puis son T-shirt avant de passer un doigt hésitant sur le maigre renflement de ses seins, comme pour se convaincre qu'ils étaient encore là. Cela faisait sept mois, presque jour pour jour, que personne ne les avait caressés.

Sept mois déjà qu'Alex était parti, emportant avec lui la quasi-totalité des meubles, la laissant seule dans l'appartement démembré. Pendant des semaines, elle avait dormi à même le matelas, mangé à même l'unique casserole, tel un petit animal réduit à ses fonctions primaires. Ce mois d'août, un mois encaniculé comme seul New York sait en produire, avait été l'un des plus bizarres de sa vie. Elle avait passé des journées entières assise sur les trois marches de son *brownstone* à regarder les passants suer comme des cafards. Des nuits à peindre le plafond de rêveries fiévreuses, entrecoupées de douches glacées.

La douleur était venue après, lorsqu'elle avait rendu les clés de l'appartement vide au propriétaire sans compassion et emménagé dans celui de Trisha à Bushwick, où l'une des chambres se libérait.

Comment décrirait-elle Alex, si elle écrivait un jour un livre sur lui, comme elle y songeait lorsque son absence devenait intolérable ? Elle parlerait de sa voix sans timbre, curieusement désaccordée, qui prononçait les consonnes avec une douceur qui lui donnait envie de mourir. De son regard moqueur, rarement tendre. De ses lèvres qui se pinçaient dans une moue dubitative ou s'entrouvraient sur des dents larges et promptes aux éclats de rire. Elle parlerait de ses cheveux toujours un peu trop longs et de ses jeans toujours un peu trop courts. Des manteaux profonds où il planquait ses livres comme autant de cailloux clandestins. De son corps désarticulé d'enfant grandi trop vite, encadré par deux bras interminables qui pendaient sans savoir quoi faire des mains à leurs extrémités.

Sur elle, ces mains désemparées prenaient tout leur sens. C'étaient des mains conçues pour épouser ses seins, ses fesses et son sexe. Des mains qui avaient le même poids que les paroles à la fois crues et douces qu'il déversait sur elle. Ce grand dadais empêtré de ses membres, ce rêveur impénitent, éternel jusque dans ses absences, elle l'aimait comme elle n'aimerait plus jamais personne.

La dernière fois qu'elle avait croisé Alex, c'était sur la 4e Rue. Il marchait avec une assurance qu'elle ne lui connaissait pas, une dinde californienne peroxydée arrimée à son bras – de la catégorie volaille sous vide, à déballage facile et durée de conservation limitée.

Alex avait tourné la tête au moment où elle était parvenue à sa hauteur. Par ce geste de dédain minuscule, il lui signifiait qu'ils en étaient arrivés au stade ultime de leur histoire : celui où l'on fait comme si elle n'avait jamais existé, non par orgueil, mépris ou simple cruauté, mais parce qu'on l'a oubliée, comme toutes les choses essentielles.

6.

Jacques se réveilla aux alentours de trois heures du matin, les doigts glacés. Le feu s'était éteint depuis longtemps. Il ouvrit tout à fait la main, lâchant son verre vide qui alla rouler sur le tapis. Il lui fallut quelques secondes pour recomposer le présent : il se trouvait seul dans la bibliothèque de la résidence, et il était soûl.

L'odeur chimique de la moquette se rappela à lui sitôt qu'il ouvrit la porte de son appartement. Il s'empressa d'ouvrir les fenêtres, décidé à mourir de froid plutôt que d'asphyxie, avant de s'effondrer sur le matelas. C'était étrange de se trouver là, dans cet appartement neuf et meublé avec goût, simplement parce que de riches mécènes avaient payé pour qu'il s'adonne à l'écriture durant les heures, les jours, les semaines à venir. Il ferma les yeux, les rouvrit aussitôt, trop épuisé pour dormir.

En cas d'insomnie, Jacques avait l'habitude d'aller faire un tour dans la chambre de Camille. Prenant garde à ne pas la réveiller, il arrangeait ses couvertures puis restait quelques instants à la regarder dormir. Une tradition qui remontait à la naissance de Camille. Jacques s'asseyait près du berceau, se réchauffant à la chaleur de sa fille comme devant un feu de cheminée, souriant au bébé endormi et se souriant à lui-même, débordant de fierté à l'idée d'avoir créé un être humain. Il ne pouvait se rassasier de la perfection de ces doigts de pied microscopiques, ces petites oreilles crénelées et cette bouche pas plus grosse qu'un timbre-poste.

Aujourd'hui, sa fille avait grandi, mais le rituel était resté. Le visage de Camille endormie repoussait les ombres. Les rêves y modelaient sans cesse de nouvelles expressions, tels d'invisibles jardiniers sculptant un paysage ; et Jacques se disait que tant qu'il demeurerait éveillé pour prendre soin des rêves de sa fille, rien d'irréversible ne pourrait leur arriver. Les épreuves glisseraient sur leur famille comme sur une patinoire, et le malheur passerait sa route.

À six heures, Jacques ne dormait toujours pas, se tournant et se retournant sur le matelas. Harassé et vaincu, il se leva en titubant, enfila la paire de vieilles baskets qu'il avait apportée et sortit faire un tour.

Figée dans la lumière âpre de l'aube, la campagne était telle qu'il aurait pu la décrire. Il y avait d'abord la clarté brutale de la neige. Puis venait le silence étouffant, avec la plainte occasionnelle des oiseaux et le craquement des feuilles mortes. L'odeur mentholée de l'air, sertie d'une pointe d'humus et de bois mouillé. Enfin, l'épaisseur froide se frayant un chemin à travers chaque couche de son épiderme. Oui, la scène était aisément descriptible, et pourtant, il ne savait comment se comporter au sein de cet espace que son esprit avait mis en forme avant même qu'il puisse le respirer, le sentir, le frôler du bout des doigts.

Il ressentit une fois de plus l'impression étrange de ne pas être à sa place dans le monde, de s'y mouvoir sans parvenir à en sentir véritablement le poids – encore moins à le marquer de son empreinte. La capacité des autres à se tenir debout et à exister par eux-mêmes le sidérait, lui qui avait tant de difficultés à éprouver la vie dans sa gratuité immédiate.

Pas plus tard que la veille au soir, Jacques avait encore traversé un moment d'éclatement de son être. Il s'était rendu dans la salle à manger, il avait mis la table, il s'était assis avec les résidents, il leur avait servi du vin, et il avait pensé : je vais dans la salle à manger, je mets la table, je m'assois avec les autres, je leur sers du vin, et ainsi de suite. L'idée du geste prenait le pas sur le geste lui-même, la pensée sur le réel, le signifiant sur le signifié. Comme si, ne pouvant croire à la réalité substantielle de ces actions, la conscience de

Jacques les dupliquait pour leur attribuer une signification plus tangible.

D'où, peut-être, ses difficultés récentes à se concentrer sur son activité d'écriture : comment pouvait-il isoler une idée singulière puis la traduire en mots alors qu'une petite voix analysait et commentait jusqu'au vertige le simple fait qu'il était en train d'écrire ? De ce phénomène de dissociation, apparu quelques années auparavant, il n'avait touché mot à quiconque. Ni à Simon, le compagnon de Bertrand à l'oreille toujours attentive, ni à Bertrand lui-même, et encore moins à Alicia. Jacques préférait poursuivre le cours de son existence en faisant semblant de vivre comme tout le monde.

Les mondanités lui étaient à cet égard d'un grand secours. Parce que dialoguer impliquait un certain état de concentration, tout échange verbal condamnait ses didascalies au silence ou, du moins, les lui rendait moins audibles. Malheureusement, les fêtes et les réunions improvisées se faisaient rares, avalées par les contraintes de la vie de famille. Il fallait *caler des dates*, lancer des invitations, réserver Zoé la baby-sitter. Autant d'entraves qui condamnaient Jacques à la quiétude léthargique de la rue Legendre. Or l'immuabilité des tâches quotidiennes, les courses, les lessives, la préparation du dîner, loin d'empêcher l'irruption de sa voix intérieure, lui offraient une estrade idéale ; et Jacques s'était résigné à ce bruit intermittent, telle une personne vivant avec des acouphènes.

Mais il arrivait que cette conscience interne se dérègle et atteigne des pics insupportables. Comme lors des semaines qui avaient suivi les attentats de novembre 2015. La mort avait fait irruption dans l'arène protégée de la ville, gâtant chaque chose de son souffle méphitique. Impossible de marcher, de s'enlacer, de s'installer à une terrasse de café sans se sentir guetté ; une menace encore amplifiée par la petite voix discordante qui disséquait l'apocalypse du monde. Tu marches dans la rue, disait la voix, tu enlaces ta femme, tu t'installes en terrasse, et ce monologue continu suffisait à tuer la spontanéité de chaque geste, à vider la vie de sa substance pour n'en restituer que l'écho désincarné.

À la lecture d'un article consacré aux victimes des attentats, Jacques avait réalisé que les symptômes posttraumatiques décrits ressemblaient étrangement à ce qu'il ressentait. Les personnes qui avaient perdu des proches dans les attentats, ou qui y avaient elles-mêmes survécu, disaient éprouver en permanence un sentiment d'étrangeté, comme si elles n'appartenaient plus au monde, mais vivaient à côté de lui. Ce symptôme finirait par décroître, assurait l'article, pourvu que les personnes concernées reçoivent le suivi médical et psychologique approprié.

Jacques avait caressé l'idée d'entamer une thérapie à plusieurs reprises. Mais il avait chaque fois annulé les rendez-vous pris, terrifié à l'idée de relâcher les nœuds que la mort de sa mère avait serrés. Non, le temps n'était pas encore venu d'exhumer les souvenirs fumants qu'il avait tout fait pour conjurer.

Une brume dense escamotait les éléments du décor, réduisant les arbres à leurs contours, comme dans un tableau de Caspar David Friedrich. Son téléphone ne captant aucun signal, Jacques décida de faire demi-tour, les mains tendues devant lui pour s'assurer qu'elles ne disparaissaient pas également. Bien qu'il ait soigneusement contourné la forêt, respectant la mise en garde de Will, l'histoire de l'Israélienne égarée vint le tourmenter. Au bout de combien de temps en viendrait-on à s'inquiéter de sa disparition ? Il eut la vision d'une chute, de son corps étendu parmi les herbes, d'animaux inconnus se repaissant de son cadavre. Son rythme cardiaque s'emballa, ses paumes s'humidifièrent et il hâta le pas, de plus en plus angoissé, jusqu'à voir apparaître le panneau indiquant la résidence, surgi tel un phare au milieu de ses inquiétudes.

Il nota, sans la remarquer vraiment, la présence d'une nouvelle voiture : un pick-up bleu électrique dont la couleur jurait avec le paysage.

Jacques monta les quelques marches menant à la véranda. En poussant la porte de la cuisine, il manqua de percuter quelqu'un qui en sortait. Petit et fripé comme un raisin sec, l'homme avait un visage anguleux, émoussé par un doux regard de myope. Il tenait un livre, *The Doors of Perception* d'Aldous Huxley.

« Irvin, se présenta-t-il en enveloppant la main de Jacques dans la sienne. L'homme à tout faire.

— Je suis l'un des auteurs », dit Jacques.

Il avait l'impression grotesque d'usurper une identité, comme si le vrai Jacques était ligoté et bâillonné quelque part dans les entrailles de la résidence.

« Bienvenue à White Falls. C'est magnifique, n'est-ce pas ? s'enthousiasma Irvin en s'avançant sur la véranda. Il englobait, avec un geste large, la vallée et l'étang brumeux, aussi fier que s'il en était le propriétaire.

— L'endroit est beau, répondit Jacques d'un ton aimable.

— Vous allez être heureux ici, affirma Irvin d'un ton qui ne laissait aucune place à la réfutation.

— J'en suis certain, dit Jacques, qui n'était sûr de rien.

— Vous êtes français, c'est ça ? De Paris ? »

À l'instar des personnes au chômage craignant qu'on ne les interroge sur leur métier, Jacques redoutait quant à lui la question des origines. Il n'aimait pas aborder son passé normand si déconnecté de lui-même ; un passé d'autant plus dérisoire, arbitraire et dénué de poésie qu'il avait grandi dans les terres et non à portée d'écume. L'absence de la mer avait tracé les contours d'une enfance pour ainsi dire abstraite, déterritorialisée. Sa Normandie à lui était une campagne pelée et blafarde, une Normandie méprisée par les livres d'images, sans plage et sans château, sans cathédrale à ériger et même – c'était cela, le plus tragique – sans falaise depuis laquelle se jeter.

« Je suis né à Paris, oui, mentit Jaques. Et, pour atténuer un peu son mensonge, il crut bon d'y adjoindre une vérité : j'ai fait mes études à la Sorbonne. »

Irvin s'extasia : dans l'imaginaire collectif américain, la Sorbonne bénéficie d'un prestige équivalant à celui de l'École polytechnique. Jacques renchérit à l'enthousiasme d'Irvin ; mais il n'était plus là, ramené malgré lui à Cestin, à cette enfance plombée qui l'avait déconstruit davantage qu'elle ne l'avait construit.

Non content d'avoir grandi loin de la mer, il avait grandi sans père, et sans jamais savoir pourquoi. Peut-être y avait-il eu un motif de séparation précis : une de ces banales tumeurs conjugales qui gangrènent les couples et grossissent jusqu'à nécessiter l'amputation. Mais peut-être son père en avait-il simplement eu sa claque des pommiers aux branches lourdes, du tracteur toujours en panne, des vaches aux pis roses et gonflés. Il n'aurait pas été le premier que cette existence, scandée par les humeurs du soleil, de la pluie et du gel, avait rendu fou.

Le propriétaire de la ferme voisine avait foutu le camp peu avant la naissance de Danielle – même s'il avait eu la délicatesse d'emmener femmes et enfants dans sa fuite. Arc-boutée dans la déroute, bravant l'exode du voisinage comme celui de son mari, leur mère avait refusé de quitter cette maison bâtie par ses arrière-grands-parents et qui, selon la légende familiale, avait abrité des juifs durant la guerre.

Bien qu'il ignorât ce qu'était un juif, et même à quelle guerre sa mère faisait référence, le petit Jacques avait regretté toute son enfance le départ de ces prestigieux locataires qui auraient vécu dans la cave familiale. Pourquoi s'en étaient-ils allés en oubliant de laisser une adresse, ou même un nom ? Jacques était souvent descendu y fureter, essayant d'imaginer ce à quoi pouvaient ressembler ces fantômes distraits désormais remplacés par des jambons livides.

« Je vais me faire un café, annonça Jacques pour mettre fin à la conversation avec Irvin qui s'étiolait. Vous en voudrez ?

— Non merci, j'évite la caféine. À plus tard, Jacques. »

Celui-ci marqua un temps d'arrêt.

« Vous connaissez mon nom ? »

Il se souvenait parfaitement de s'être présenté comme *l'un des auteurs*. Irvin lui sourit :

« Vous êtes le seul Français ici, non ? »

Jacques s'efforça de sourire. Son cœur s'était de nouveau emballé sans raison.

En ouvrant la porte de son appartement, le ventre lesté de café et de toasts, il sut immédiatement que quelque chose avait changé. Il mit plusieurs secondes avant de comprendre quoi : son appartement était *propre* et *rangé*.

Sa valise n'était plus éventrée au milieu du salon. La corbeille à papiers avait été vidée. Même son lit avait été retapé par des mains professionnelles. Profitant de son absence, la femme de ménage avait sapé les maigres efforts de Jacques pour installer son désordre. L'appartement était de nouveau muet et blanc, inhabité. Envahi par un découragement sans véritable objet, il composa le numéro d'Alicia. Seul un message préenregistré lui répondit.

L'idée fugace d'appeler sa sœur le traversa, mais sous quel prétexte ? Elle n'aurait pas compris qu'il l'appelle simplement pour prendre de ses nouvelles.

Il réfléchit pour se rappeler la dernière fois qu'ils s'étaient vus. C'était à Noël, deux ans plus tôt. Jacques avait unilatéralement décidé qu'ils passeraient tous le réveillon chez Danielle et Patrice au lieu de se rendre chez Bertrand et Simon comme chaque année.

Sa sœur habitait avec son petit mari, sa belle-mère et ses trois grands chiens à La Dune, un village situé à quinze minutes en voiture de Cestin. Sale et mal entretenue, la maison louée grâce à la subvention handicap de la vieille Brigitte exsudait sa misère par tous les pores. Carreaux cassés, rafistolés à coups de scotch noir ; traces d'humidité dessinant des toiles d'araignées sur les plafonds et les murs ; peinture pelée dispersant ses peaux mortes sur la moquette. Danielle et Patrice ne travaillant ni l'un ni l'autre, ils vivaient de presque rien, se contentant d'une tranche de pâté pour eux et d'une autre pour les chiens.

S'attendant au pire, Jacques et Alicia avaient apporté un foie gras entier, une bûche glacée et quatre bouteilles de champagne. Ils s'étaient félicités de leur prévoyance, car ni l'un ni l'autre ne touchèrent à la gnôle maison de Patrice, pas plus qu'à la dinde encore bleuie de son emballage plastique que Danielle déposa sur la table. Enfermés dans la chambre par mesure de précaution vis-à-vis de Camille, les bergers allemands passèrent la soirée à aboyer et Camille à pleurnicher. Ce vacarme amplifiant le fait que personne n'avait rien à se dire, ils burent tous beaucoup pour diluer le malaise ambiant, au point que Danielle cassât son verre qu'elle avait serré trop fort dans son poing. Jacques se souvenait encore du mépris qu'elle lui avait inspiré à ce moment-là, puis du dégoût pour lui-même provoqué par ce premier sentiment de rejet ; comme si de détester Danielle revenait à se détester lui.

Il idolâtrait sa sœur, petit, avant qu'elle ne vieillisse inexplicablement. Car Danielle n'avait pas grandi, mais vieilli, du jour au lendemain, cessant par la même occasion de lire, de jouer avec lui, de chanter. Crucifiée par une douleur qui échappait encore à Jacques aujourd'hui.

Il devait faire un effort pour se rappeler que Danielle avait été jolie, ce qui était difficile à croire au vu de ses yeux bouffis de grenouille hépatique, de sa peau cireuse, de ses mains abîmées. Elle avait également été vive d'esprit, ce qui était plus difficile à croire encore. La télévision constituait à présent son seul point de contact avec le monde extérieur. Elle qui avait tant moqué l'addiction de leur mère pour les personnages choucroutés de *Dallas* se shootait à son tour aux passions factices et bon marché. Oubliant qu'elle avait passionnément aimé les livres de Dickens et de Jules Verne, confiés à Jacques comme autant de passeports pour l'âge adulte, elle s'était accommodée d'un aller simple pour La Dune et d'une perfusion quotidienne de feuilletons télévisés.

Jacques s'était risqué quelquefois à évoquer avec sa sœur leur enfance commune. Mais Danielle avait brisé chacune de ses tentatives de faire revivre les fragments du passé par un « Je ne m'en souviens pas » définitif. Aujourd'hui, les possibilités de la faire parler étaient d'autant plus minces qu'ils ne se voyaient guère plus que tous les deux ou trois ans. Une rareté peu propice aux confidences, Danielle ne se montrant loquace que dans l'ébriété. Or, comme la majorité des buveurs, elle n'était presque jamais ivre.

Et comme si ce n'était pas déjà assez qu'elle se taise, Jacques devait en outre mesurer chacune de ses paroles à lui, de peur qu'un mot, un seul mot ne trahisse le chemin qu'il avait parcouru depuis Cestin, et ne le jette en pâture aux rages de Danielle : « Ça va l'écrivain ? On prend la grosse tête ? On se croit mieux que tout le monde parce qu'on utilise des mots du dictionnaire ? »

« L'écrivain » : ce sobriquet moqueur accusait à lui seul la distance entre le frère et la sœur. Danielle le considérait comme un nanti, et cette fracture sociale plus fantasmée que réelle aggravait encore la déchirure fraternelle. Elle lui reprochait d'avoir fait des études, de s'être extirpé de leur misère familiale et culturelle pour emménager dans le monde des mots, alors qu'elle-même avait échoué à s'inventer un meilleur destin, loin des bancs de l'école. En quittant la maison de Cestin à dix-sept ans, sa sœur n'avait fait que tirer sur ses chaînes : le lieu de son exil ressemblait trait pour trait au village de leur enfance.

Soudain épuisé, Jacques s'allongea sur son lit et oublia tout de Danielle, de White Falls et même d'Alicia ; il dormait.

7.

Une heure et demie plus tard, Jacques fut réveillé par le cri strident d'un petit oiseau noir à taches blanches qui s'égosillait devant sa fenêtre. Il s'étira, encore groggy de sommeil, puis décida de se mettre au travail.

Avant, il avait l'habitude d'écrire le matin, adaptant chaque époque de sa vie à cette contrainte inaliénable. Il se levait très tôt, bien avant qu'Alicia et Camille ne soient réveillées, et s'enfermait dans la pièce servant de débarras d'où il ne ressortait qu'à une heure avancée de l'après-midi.

Alicia ne comprenait pas qu'il puisse rester des heures dans un cagibi où le chat lui-même ne s'aventurait pas. Elle avait suggéré à plusieurs reprises d'en faire un véritable bureau dédié à son activité d'écriture. « Comment veux-tu avoir l'esprit libre dans un tel bazar ? lui demandait-elle souvent sur un ton de reproche. Ce n'est pas un lieu propice à la création. »

Mais l'atmosphère chaotique décriée par Alicia était précisément ce qui permettait à Jacques de travailler là. Les piles de livres et de vieux papiers qui frayaient avec le plafond bas, les rangées de serpillières, aspirateurs et balais jouant les vigies près de la porte lui donnaient l'impression d'être en simple visite de courtoisie. Une tasse de café à la main, il pénétrait au cœur de ce néant désordonné, s'asseyait face à la planche posée sur deux tréteaux faisant office de bureau et allumait son ordinateur, persuadé de ne travailler qu'une heure ou deux.

Et jour après jour le même miracle s'était produit : convaincu de ne faire que passer, Jacques s'immergeait peu à peu dans l'écriture jusqu'à ce que les contours du cagibi s'estompent. Fixant le mur aveugle sans le voir, il galopait à l'intérieur de lui-même, ses doigts courant sur le clavier sans qu'il sache si ces derniers étaient les simples exécutants de ses idées ou les commanditaires. Lorsqu'il jetait enfin un coup d'œil à sa montre, Jacques découvrait que la matinée avait filé. Avec la prise de conscience du temps se réactivaient la sensation de faim, de soif, l'envie de pisser ou de se dégourdir les jambes.

Mais cela faisait presque un an qu'écrire ainsi au saut du lit lui paraissait insurmontable. Il n'avait plus l'énergie d'ouvrir chaque matin son ordinateur pour entamer une nouvelle journée d'écriture ; plus l'envie de tracer chaque jour le même sillon sur la terre dure et gelée des mots tout en gardant les yeux fixés sur la moisson à venir.

Il s'asseyait à son bureau de fortune et fermait les yeux, les doigts sur le clavier, appelant de ses vœux le délicieux vertige qu'il n'éprouvait plus guère. Sculpter la terre glaise des mots, hisser des formes hors de l'abîme et attraper des fulgurances en plein vol, comme des oiseaux échappés de son imaginaire : autant de sensations devenues si rares qu'il doutait parfois y avoir goûté.

Il éparpilla devant lui les quinze pages de son manuscrit en cours, péniblement rédigées au cours des derniers mois. L'intrigue de son nouveau projet de roman tenait en quelques lignes : Pierre Rivière, professeur d'université au sommet de la réussite – grand orateur, chercheur brillant et immense séducteur, fuyait le scandale causé par le suicide de Suzanne, une de ses jeunes étudiantes qui était également sa maîtresse. Ostracisé par sa femme et ses collègues, dans l'attente de son éventuelle suspension, Pierre partait se réfugier dans le village de Vézières, dont Suzanne lui avait tant parlé.

Il fallait peut-être que Jacques règle d'abord certains problèmes de structure avant de poursuivre sur sa lancée. Julien Gautier, le narrateur qu'il avait envisagé (un ancien collègue de Pierre Rivière) n'était sans doute pas le bon ; de fait, le récit souffrait d'un problème de rythme et montrait déjà de sérieux signes d'essoufflement.

C'est chaque fois la même histoire, songea Jacques, brusquement découragé ; pressé d'en finir avant même d'avoir commencé, il avait négligé de jeter les ponts, les routes indispensables au cadastre du roman, prétendant ériger une cathédrale sans même s'être assuré au préalable que le terrain était constructible. Son imprévoyance ne lui laissait d'autre choix que de détruire les immeubles aux fondations instables, condamner les chemins qui ne menaient nulle part et tenter de bâtir une nouvelle ville de papier sur les décombres de la précédente.

Jacques relut la toute première phrase inscrite en haut du premier feuillet. « Il était donc là, allongé sur le matelas trop rigide, bouleversé par le coup de téléphone qu'il venait de recevoir. » Il aimait bien cette accroche qui immergeait directement le lecteur dans le récit, l'invitant au lit avec Julien Gautier, son narrateur qu'il ne nommait pas encore.

Mais à quoi bon préciser que son personnage était allongé ? ou que le matelas était trop rigide ? Fallait-il y voir une forme d'anthropomorphisation transposant au matelas un élément caractérisant la psychologie de son personnage ? Ou encore une préciosité tout à fait inutile, une affèterie dont il ferait mieux de se débarrasser ? Et puis, d'où venait ce « donc » qui présupposait une action antérieure dont le lecteur se trouvait exclu ?

La première phrase devait envoyer le lecteur au sol, le laisser pantelant, le souffle court, mais prêt à recevoir d'autres uppercuts, à se faire aplatir encore et encore jusqu'au coup de point final. Elle devait le faire gémir, suer, ahaner, supplier pour qu'on lui en donne davantage. Elle devait le mettre à genoux. Or cette entrée en matière – « Il était donc là, allongé sur le matelas trop rigide, bouleversé par le coup de téléphone qu'il venait de recevoir » – était molle. Pire que molle, elle était affligeante, débordant de verbes approximatifs et de virgules qui octroyaient à la phrase une respiration saccadée. En épurant la phrase de son gras superflu, Jacques finit par obtenir la phrase suivante : « Il était là, bouleversé. » Un énoncé concis, net, et tout à fait vide de sens.

Tandis qu'il s'égarait dans la contemplation stérile du châssis de la fenêtre, une autre fenêtre, virtuelle celle-là, s'ouvrit sur son ordinateur, indiquant un appel Skype entrant. C'était sa fille, sous le pseudo de grosLapinblanc. Mais au lieu du visage expressif de Camille, un masque pixélisé s'afficha sur l'écran. Déformée par la mauvaise connexion Internet, la voix de Camille était métallique et lointaine, méconnaissable.

Parce qu'il avait la sensation irrationnelle de s'adresser à quelqu'un prétendant être sa fille, Jacques lui parla de la résidence en s'efforçant de demeurer vague, comme s'il craignait de diffuser des informations capitales à un espion à même d'en faire usage contre lui. Pourtant, dès qu'il entendit son rire – une seule note, basse et prolongée, semblable au son produit par un verre cognant sur un coin de table – le malaise de Jacques céda à la joie de retrouver Camille telle qu'il l'avait quittée et, selon toute vraisemblance, telle qu'il la retrouverait en rentrant chez lui ; puisqu'il était entendu qu'en son absence, rien ni personne ne changerait.

Il venait de raccrocher lorsqu'un mouvement le fit tressaillir. Quelqu'un l'observait. Jacques se précipita hors de la pièce et ouvrit en grand la porte de l'appartement. Il hésita à s'avancer en chaussettes sur le terrain glacé mais ses orteils se recroquevillèrent à cette idée.

« Il y a quelqu'un ? » cria-t-il, depuis le seuil.

Il attendit quelques secondes, scrutant le jardin à l'immobilité placide, puis réitéra sa question en criant plus fort. La porte du cottage d'en face s'ouvrit alors sur la silhouette de Cheyenne. Elle se rapprocha, vêtue du même sweat que la veille, d'un legging et de bottes UGG qui lui faisaient des pieds de yéti.

« C'est toi qui as crié ? » demanda-t-elle. Le visage nu, les cheveux décoiffés, elle paraissait très jeune.

« J'ai cru que quelqu'un m'épiait derrière la fenêtre », dit Jacques, réalisant le ridicule de son hypothèse en même temps qu'il l'énonçait.

Mais Cheyenne le considérait avec le plus grand sérieux :

« J'ai eu cette impression aussi ! J'étais en train de m'habiller, et il m'a semblé que quelqu'un me regardait. Tu crois qu'il pourrait y avoir un rôdeur ? »

Bien que peu probable, la piste avancée par Cheyenne n'était pas à exclure : la résidence étant laissée sans surveillance, chacun pouvait y aller et venir à son gré.

« On devrait en parler à Will, suggéra Jacques.

— Il est reparti à Brooklyn, répondit Cheyenne. En tout cas, sa voiture n'est plus là. Mais on peut en toucher un mot ce soir aux autres ? »

Ils promirent de se tenir au courant s'ils remarquaient quoi que ce soit d'anormal d'ici là, avant de se souhaiter bon courage pour la première journée de labeur qui les attendait.

8.

Assise à son bureau du cottage Sybil Vane, Solen jetait de fréquents coups d'œil à sa montre, contrariée à l'idée de rompre bientôt avec la douceur amniotique du langage écrit, et de s'extraire de la coquille fragile qu'avaient tissée les mots pour s'attabler autour de la vie sociale qui reprendrait son cours à dix-neuf heures trente.

Devant elle étaient étalés des dessins à l'encre de Chine réalisés par la poétesse et romancière Sylvia Plath quelques années avant qu'elle ne plonge la tête dans le four de sa gazinière. Un amoncellement d'objets cassés entreposés devant la porte d'un garage ; une bâtisse à l'abandon, son toit éventré, vomissant des briques dans une mer d'herbes hautes ; un voilier couché sur le flanc ; une vache aux longs poils ondulés ; et, fuyant le regard de celle qui était en train de le croquer, un portrait de Ted Hughes, le mari de Sylvia Plath.

Dans une lettre écrite à sa mère, la très jeune poétesse avait défini ainsi son approche du dessin : « J'ai le sentiment d'être en train de développer une sorte de style primitif bien à moi, et que j'aime beaucoup. » Ces images « primitives » étaient le point d'ancrage de la nouvelle que Solen rédigeait. L'écriture était devenue leur prolongement naturel, les mots déroulant les lignes, restituant les vides, déliant les ombres laissées par Sylvia Plath.

Lorsqu'elle entendit le carillon de la cloche, Solen éloigna ses mains de l'ordinateur avec d'autant plus de réticence qu'elle avait atteint cet état de grâce où les phrases s'écoulaient sans qu'elle ait à y penser. Elle se demanda s'il ne lui serait pas possible de prétexter une maladie subite pour s'exempter du dîner et continuer à écrire. Elle n'avait aucune envie de faire mine de s'intéresser à la vie des autres résidents en mangeant du gigot. Il en allait des résidences comme des colonies de vacances où ses parents l'expédiaient quand elle était enfant : elle oublierait les visages de celles et ceux avec qui elle avait vécu des semaines durant quelques secondes à peine après les avoir quittés. Elle ne ferait jamais usage des adresses mail ni des numéros de téléphone échangés, et elle effacerait jusqu'au souvenir de ses camarades de kayak, de raviolis en boîte et de veillées ; la mémoire étant ainsi faite qu'elle se débarrasse des encombrants.

Prétendre nouer des liens avec les autres résidents constituait une perte de temps et d'énergie d'autant plus contrariante qu'il y avait peu de chances que Solen en recroise aucun dans le futur ; à l'exception peut-être de son compatriote Jacques. Mais hormis cette camaraderie aussi vague qu'incertaine, il ne resterait de son séjour ici que la preuve tangible de ses efforts, chiffrés en nombre de pages. Le ventre de Solen se chargea cependant de lui rappeler, par de savants borborygmes, qu'elle avait un corps ; et qu'il lui fallait nourrir ce corps si elle comptait travailler jusque tard dans la nuit.

Elle imagina manger en silence puis se lever sitôt la dernière bouchée avalée, lancer bonsoir à la cantonade et regagner son appartement en courant presque, sans s'être laissé polluer par les considérations de la vie quotidienne, ni avoir souscrit aux simagrées que lui imposait la fréquentation du monde extérieur. Mais elle savait déjà qu'elle jouerait le jeu bienséant de la conversation. Parce qu'elle détestait les blancs, déjà, mais surtout parce qu'en laissant se dévider le fil de la discussion sans y prendre part, elle courait le risque de voir émerger des sujets susceptibles de la faire vaciller, et de s'entendre poser la question à laquelle sont exposées toutes les femmes, quels que soient leur âge, leur situation maritale et leur profession : « Est-ce que tu as des enfants ? »

Sortant dans le jardin, Solen sursauta à l'approche d'une masse noire. Elle s'empressa de l'éclairer avec son téléphone. La vision était plus drôle que terrifiante : front violacé, nuque raide et short trop large, troué par deux jambes maigres et blanches, Dave revenait en trottinant d'une session de jogging nocturne.

« Je prends une douche rapide et je vous rejoins », dit-il avant de s'engouffrer dans le cottage Basil Hallward. Une pointe de jalousie hameçonna le cœur de Solen.

Avant, elle avalait les kilomètres du bout de ses jambes de sauterelle, enchaînant les semi-marathons comme d'autres les foulées du dimanche, se sentant vivante uniquement à l'extrême bout d'elle-même, lorsque ses poumons, sa trachée et sa gorge vibraient à l'unisson, leurs cordes tendues vers la même goulée d'air brûlant. Le béton gris de la ville lui allait bien. Elle n'avait pas besoin des forêts, de la chlorophylle oxygénante comme prétextes à l'effort. Elle slalomait au milieu des gaz d'échappement et des immeubles, indifférente à la pollution et la verticalité écrasante, volant presque.

Elle avait cessé de courir lorsqu'ils avaient décidé, avec Nicolas, d'*essayer de faire un bébé.* Une expression odieuse qu'elle employait pourtant à tort et à travers, comme pour se punir justement de devoir l'employer, alors qu'elle aurait trouvé tellement plus simple, tellement plus poétique de pouvoir annoncer à leur entourage, les yeux brillants : Je suis enceinte !

D'après sa gynécologue, il n'existait aucune corrélation entre la fertilité et la course à pied. Mais chaque secousse, chaque coup de semelle, chaque détente un peu trop sèche de tibia lui apparaissait comme un ignoble préjudice fait aux embryons à venir. Solen avait donc cessé de courir, tandis que le sang entre ses jambes poursuivait son échappée mensuelle, imperturbable et triomphant.

Jacques, Cheyenne, Holly et Ritesh étaient déjà attablés quand elle les rejoignit. Ils étaient tous plongés dans une forme de torpeur collective et songeuse, résultant à la fois de l'hébétude générée par un usage prolongé de l'ordinateur et de la gêne à se retrouver en compagnie, après avoir passé des heures dans une éreintante solitude. Ils semblèrent pourtant se dérider à l'arrivée de Solen, qui se sentit obligée d'accompagner son entrée d'une petite phrase :

« Tout le monde a passé une bonne journée ? » lança-t-elle, en s'asseyant aux côtés de Jacques.

Que n'avait-elle pas dit ! Réagissant au quart de tour, Holly se plaignit que le robinet d'eau chaude de sa douche ne fonctionnait pas et qu'elle avait dû se laver à l'eau froide. Jacques renchérit aussitôt, affirmant que l'odeur entêtante de la moquette dans sa chambre lui donnait des migraines. Quant à Ritesh, il surprit tout le monde en déclarant que le plafonnier de sa chambre clignotait comme un œil borgne – ce qui était pratique uniquement si on clignait des yeux en même temps.

Le mécontentement général s'apaisa cependant lorsque Louisa posa sur la table un plat de lasagnes, dodu et doré à point, et il s'avéra, après quelques bouchées, que l'embrasement collectif était avant tout le produit de la faim. La cuisinière promit qu'Irvin réglerait tous ces désagréments domestiques dès le lendemain, et la bouteille de vin rouge qu'elle ouvrit acheva de tranquilliser les esprits. L'arrivée de Dave, rose et luisant de sa douche, bénéficia de ce climat de conciliation ; il fut accueilli par des applaudissements.

Les échanges qui occupèrent le dîner furent sympathiques et dispensables, Solen s'évertuant à nourrir une conversation sans grand intérêt sur les mérites comparés de la vie à la ville et à la campagne. Étonnée par la virulence de Jacques, elle s'amusa à lui tenir tête par pur esprit de contradiction, lui vantant les mérites de la campagne alors même qu'elle était une pure citadine.

Tandis qu'Holly se resservait de mousse au chocolat sous le regard désapprobateur de la cuisinière, Jacques mit fin au débat stérile en abordant un tout autre sujet :

« Est-ce que vous avez remarqué quelque chose d'anormal aujourd'hui ? Comme une présence inopportune ?

— C'est-à-dire, inopportune ? » demanda Holly, en fronçant les sourcils.

Ce n'était pas la première fois qu'elle demandait à Jacques de reformuler ses propos, comme pour souligner leur manque d'exactitude – alors même que l'anglais de celui-ci était excellent, pour autant que Solen pouvait en juger.

« Jacques a eu l'impression d'être espionné ce matin, intervint Cheyenne, qui n'avait presque pas ouvert la bouche de la soirée. Et j'ai eu la même sensation que lui. On s'est demandé si quelqu'un…

— Qu'est-ce que vous n'allez pas imaginer ! la coupa Louisa qui débarrassait. White Falls est une petite ville tranquille. »

On aurait dit que Cheyenne et Jacques l'avaient offensée en insinuant que la résidence n'était pas un lieu sûr. Ils rétropédalèrent aussitôt, affirmant que bien sûr, ils s'étaient sans doute trompés.

Louisa prit congé en emportant avec elle les restes du dîner : « C'est pour mon mari », se justifia-t-elle, après que Dave eut laissé entendre qu'il aurait volontiers mangé la part de lasagnes restante pour son déjeuner du lendemain. Tandis qu'Holly et Cheyenne débarrassaient la table, Solen déclina l'offre de Ritesh d'aller boire un digestif dans la bibliothèque. Elle souhaita bonsoir au reste du contingent, regagna le cottage Sybil Vane et s'assit à son bureau avec le sentiment que la nuit qui s'ouvrait était la sienne.

Vers deux heures du matin, alors qu'elle travaillait courbée sur son écran, clouée par la fatigue mais ne se déclarant pas encore vaincue, elle sentit une présence lui peser sur la nuque. Solen se retourna aussitôt. Personne, évidemment. Elle alla tout de même ouvrir la porte du bureau et se glissa dans le couloir. Pas un bruit ne venait jusqu'à elle, si ce n'est le grésillement léger de la lampe éclairant l'étage. La psychose de Cheyenne et de Jacques était communicative, ce qui ne faisait que la conforter dans son intuition première : fréquenter les autres résidents était au pire une nuisance, au mieux une distraction. C'était la dernière fois qu'elle se laissait atteindre par leurs propos. En évitant les Cassandre, songea-t-elle en refermant la porte, on s'épargne l'Apocalypse.

9.

Le lendemain matin, Jacques se leva à six heures trente, prêt à en découdre avec une journée d'écriture. Il s'habilla, but son café et mangea ses tartines avant de prendre place devant son ordinateur à sept heures quinze, s'efforçant de ne pas penser au rôdeur invisible qui l'épiait peut-être derrière sa fenêtre.

À huit heures, il avait déjà un peu perdu de sa belle énergie, toutes ses pensées tendues vers Alicia. Que faisait-elle, à cette heure-ci ? Respirait-elle mieux à présent qu'il était parti ? Et Camille, vers quoi se dirigeaient ses idées, ses visions d'enfant ? Ressentait-elle aussi cruellement le manque de lui, qu'il ressentait le manque d'elle ?

À neuf heures, il eut envie d'aller aux toilettes.

Entre neuf heures et neuf heures trente, assis sur le trône, il passa en revue l'application du *Monde*, de *Libé*, puis alla sur le site de 9Gag, une plate-forme de contenus humoristiques qu'adorait Camille, où étaient répertoriés toutes les dernières idioties du Web. Il la parcourut en songeant qu'il lui faudrait peut-être installer un filtre parental, comme Alicia le lui suggérait depuis plus d'un an.

À dix heures, il écrivit un peu.

À onze heures, il décida de brûler les quelques lignes qu'il venait d'écrire.

À midi, il eut faim.

Il déjeuna d'une omelette et d'un sandwich en compagnie de Solen avec qui il conversa du bout des lèvres, Jacques n'étant pas plus disposé à parler de lui qu'elle ne l'était à parler d'elle. Ayant réalisé qu'ils habitaient tous deux le XVIIe arrondissement – Jacques côté Villiers et Solen côté Batignolles –, ils redessinèrent ensemble la carte immobilière de Paris (un sujet neutre, qui les tint en haleine jusqu'au dessert).

Ils conclurent, par voie de consentement mutuel, que la portion du XVIIe comprise entre le 19 bis, rue Legendre et le 23, rue Nollet était le meilleur coin où vivre. Puis, alors qu'ils finissaient de boire leur café accoudés au comptoir de la cuisine, Holly fit sa première apparition de la journée. Sans même les saluer, elle alla droit au robinet et se servit un grand verre d'eau – Jacques avait déjà remarqué qu'elle buvait de grands verres d'eau à toute heure de la journée, comme lui du café noir.

« Je ne vais pas tolérer votre attitude longtemps », dit-elle après avoir dégluti quelques gorgées.

Solen et Jacques se dévisagèrent l'un l'autre avec stupeur. En quoi le fait de siroter un café au comptoir pouvait-il déplaire à Holly ?

« Je parle de ça, poursuivit l'Américaine en désignant les assiettes, les couverts et les poêles diligemment empilées dans l'évier. Quand j'ai voulu prendre mon petit déjeuner ce matin, le lave-vaisselle était déjà plein et l'évier débordait, comme hier. Je veux bien faire le dos rond une fois, mais je ne suis pas votre bonniche. »

Tandis qu'Holly poursuivait son réquisitoire, les yeux congestionnés, Jacques remarqua qu'elle portait du fard à paupières mauve irisé de paillettes. Alicia aurait fait une attaque.

« À mon prochain passage je vous conseille d'avoir nettoyé tout ce bordel », menaça Holly avant de quitter la cuisine aussi abruptement qu'elle y était entrée.

Jacques et Solen se regardèrent à nouveau. Leur stupeur céda la place à un sourire de plus en plus large qui se brisa en éclats de rire incontrôlables.

« Cette femme est complètement cinglée », articula Solen entre deux hoquets, et Jacques gloussa de plus belle, ravi par ce fou rire inespéré.

Mais la trêve ne dura pas ; les dernières braises de leur hilarité éteintes, Solen retourna travailler et Jacques se versa une deuxième tasse de café d'où émergèrent de lugubres pensées.

Bien qu'il vienne à peine de commencer, son séjour américain avait déjà un peu perdu sa raison d'être.

Bertrand n'avait pas hésité à faire preuve de lyrisme pour convaincre Jacques de soumettre sa candidature à la résidence Oscar Wilde. Selon son éditeur, si Jacques ne parvenait plus à travailler chez lui, c'est qu'il était asphyxié par les relents soufrés de son couple, couplés à ceux d'une civilisation qui partait en fumée : partout, le péril écologique, les catastrophes migratoires, l'extinction programmée de l'espèce. Ce qu'il fallait à Jacques pour pouvoir s'emparer sereinement du chaos et accoucher d'une étoile qui danse, c'était de grandes balades en forêt, une nourriture saine, un cadre de vie sans contraintes et sans inquiétude : une forme désirable d'ataraxie pastorale, y compris pour quelqu'un qui haïssait la campagne.

Mais Jacques mesurait dès à présent tout l'écart existant entre les grands discours de son éditeur et sa modeste réalité. S'éloigner de ses problèmes ne les avait pas fait disparaître pour autant ; au contraire, la distance en avait mis certains en perspective. Si la fin du monde lui paraissait effectivement un peu plus abstraite, depuis son camp retranché de White Falls, ses déboires conjugaux prenaient en revanche toute la place. D'autant que Jacques n'avait pas encore réussi à parler à Alicia depuis son arrivée à White Falls – à cause du décalage horaire, de la connexion hasardeuse et, surtout, pensait-il, de la mauvaise volonté de sa femme.

En quittant le bâtiment principal, il aperçut Irvin, une mallette de bricolage à la main. Celui-ci le gratifia d'un sourire et d'un geste qui pouvait aussi bien signifier « Bonjour » que « Au revoir ». Jacques l'avait déjà croisé plus tôt dans la matinée, arpentant la propriété ; mais il ne l'avait pas encore vu au travail. Il se demanda si, comme lui qui faisait semblant d'être écrivain, Irvin ne faisait pas semblant d'être homme à tout faire.

Alors qu'il poussait la porte de son appartement, échappant de peu à une pluie fine et entêtante, la sonnerie d'un appel Skype le fit se ruer sur son ordinateur. Ce n'était pas Alicia, ni Camille, mais Bertrand. Ravalant sa déception, Jacques autorisa la connexion, et le visage flou de son éditeur apparut.

« Alors, comment ça se passe avec les autres zozos ? Tu as pu te mettre au travail ? » lui demanda Bertrand d'une voix hachée. Jacques était suffisamment proche de son éditeur pour pouvoir lui dire la vérité : bien qu'il ait passé des heures assis à son bureau, ses efforts désespérés n'avaient abouti qu'à la composition d'une seule phrase : « Il était là, bouleversé. » Mais comme il était las de se présenter sous un jour aussi pathétique, il préféra opter pour une version alternative de lui-même : celle d'un Jacques apaisé et plein d'allant, à qui l'air pur faisait le plus grand bien.

La fin du Skype avec Bertrand coïncida avec celle de l'averse, et Jacques profita de ce modeste alignement des planètes pour sortir faire un tour. Il fut assailli par l'odeur familière, aux relents de champignons et de sous-bois, exsudée par la terre trempée. Un parfum d'enfance qui suffit à déterrer d'autres odeurs enfouies : celle des pommes cuisant dans le four, qu'il mangeait encore tièdes et arrosées de calva ; celle du savon au jasmin avec lequel sa mère frottait ses mains pleines de peinture ; et celle du lait chaud jaillissant du pis.

Aujourd'hui, la seule vue du lait suffisait à lui donner des haut-le-cœur. Tout dans la ferme de Cestin était corrompu par ce fumet âcre, des rideaux à lourdes fleurs du salon aux draps rêches où il posait la tête à la tombée de la nuit. Jacques trouvait drôle que cette boisson qu'il avait tant consommée soit souvent associée à l'enfance et au bonheur : car il avait beau triturer ses souvenirs, il ne se rappelait pas avoir été heureux, et encore moins un enfant.

*

Il est assis à la table de la cuisine. Nappe cirée, odeur d'encaustique, jappements de Sue Ellen qui rêve, les oreilles dressées et la truffe en alerte.

L'enfant boit son lait, mange ses tartines et s'ennuie ferme. C'est une journée de poussière sans rien à faire, un autre de ces dimanches inutiles où sa mère écoute de la musique dans sa chambre aux volets constamment fermés.

Que fabrique D ? Elle avait promis de descendre prendre le goûter avec lui.

L'enfant s'essuie la bouche du revers de la manche et quitte la cuisine en négligeant d'éteindre la lumière. Il monte l'escalier en sautant à cloche-pied avant de pénétrer à tâtons dans la chambre de sa sœur dont l'entrée lui est souvent refusée, sans qu'il connaisse la raison de cette interdiction.

D est allongée, les yeux grands ouverts, les pupilles dilatées, un vague sourire flottant sur ses lèvres. Il sait qu'elle a fumé : c'est devenu l'une de ses principales activités.

Il lui tapote l'épaule pour la faire revenir à elle.

« Hé.

— Hmmm.

— Héhé. »

Il joue avec ses cheveux, les enroulant autour de ses ongles sales d'avoir creusé la terre.

« Qu'est-ce que tu veux, crapaud ?

— On joue à Est-ce que tu m'aimes plus que…, *d'accord ?*

— Hmmm.

— Je commence avec une facile. Est-ce que tu m'aimes plus que… la mousse au chocolat ? »

La mousse au chocolat est le dessert préféré de sa sœur. Surtout celle que prépare leur mère, avec les morceaux croquants de chocolat noir cachés au cœur de la mousse comme un secret qu'ils seraient seuls à connaître.

« Oui, crapaud, je t'aime plus. »

Sa voix est lente, son palais encombré.

« Est-ce que tu m'aimes plus que… un arc-en-ciel rose et jaune ?

— Oui.

— Est-ce que tu m'aimes plus que… un baiser dans le cou ?

— Haha. Ça dépend. Un baiser de qui ?

— Tom. Le type avec le scooter.

— Je t'aime plus, sans hésitation. Il embrasse super mal. Mais le mec avec le scooter, c'est pas Tom. Il s'appelle Anthony.

— Est-ce que tu m'aimes plus qu'Anthony alors ?

— Anthony est un crétin.

— Pourquoi tu sors avec lui si c'est un crétin ? »

D ne répond pas. Elle jette un coup d'œil à sa montre, se redresse à demi.

« Il faut que je me prépare. »

L'enfant se concentre pour ne pas gâcher son ultime question.

« Est-ce que tu m'aimes plus que maman ? »

Danielle lui adresse un sourire condescendant, un sourire de grande sœur à qui on ne la fait pas, mais sa lèvre tremble un peu.

« Je vous aime pareil.

— Tu dois répondre par oui ou par non, sinon c'est de la triche.

— C'est une question débile. Je ne vais pas vous comparer.

— Elle, elle nous a comparés.

— Arrête.

— Je lui ai posé la même question ce matin, et tu sais ce qu'elle a répondu ?

— Mais ferme-la !

— Tu sais ce qu'elle a répondu ? » répète-t-il en détachant bien les mots.

D couvre ses oreilles de ses paumes.

« Tu peux parler autant que tu veux, je suis sourde.

— Elle a dit qu'elle m'aimait plus », articule-t-il silencieusement.

D n'a aucune réaction, comme si ses mains en étau sur ses oreilles l'empêchaient également de lire sur les lèvres ; alors il se met à tordre ses petits doigts rongés pour lui faire lâcher prise. Elle pousse un cri et lui balance une gifle. Le coup le fait vaciller, mais D ne lui donne pas le temps de se reprendre et l'attrape par le col comme un petit animal encombrant.

« Dégage. Je veux plus voir ta sale gueule dans ma chambre. »

Elle le jette dehors. Il se redresse et se met aussitôt à frapper sur la porte qu'elle vient de verrouiller.

« Ouvre cette porte, espèce de grosse chienne ! Mais ouvre ! »

Cette fois, ce n'est plus un jeu, ils se haïssent pour de vrai, deux frère et sœur prêts à s'égorger pour devenir, de fait, l'enfant préféré – le seul. Mais il a beau s'égosiller, tambouriner, égrener toutes les insultes qu'il connaît – et elles sont nombreuses – il n'obtient aucune réponse. Alors il s'arrête et fixe longuement la porte, à s'en faire mal aux yeux.

Ruisselle jusqu'à lui, depuis l'autre bout du couloir, la musique qu'écoute leur mère, où il est question de marins qui chantent et de rêves qui les hantent.

10.

« Alors, comment avance votre roman ? »

La femme de ménage lui avait déjà posé cette question le matin même. Solen ne comprenait pas pourquoi cette dernière s'intéressait tant à son travail, alors qu'elle-même s'intéressait si peu au sien. Cramponnée à son aspirateur qu'elle venait de faire taire, Nancy la fixait avec une intensité ne lui laissant aucune échappatoire.

Cela faisait près d'un quart d'heure que Solen, debout dans le hall d'entrée du cottage Sybil Vane, essayait de faire fonctionner l'imprimante.

Elle qui animait un cycle de conférences à l'université Paris-Diderot sur l'herméneutique philosophique de Paul Ricœur se trouvait parfaitement démunie dès qu'il s'agissait de changer le fusible d'un panneau électrique. Qu'elles servent à laver le linge, préparer le café ou imprimer des feuilles, les machines lui résistaient toujours. Nicolas lui disait qu'elle était supérieurement intelligente dans certains domaines et supérieurement déficiente dans d'autres, et il avait raison.

Parfois, elle se demandait si elle n'avait pas accepté d'épouser Nicolas uniquement pour se délester du poids des objets techniques et, plus largement, des questions domestiques. Son mari avait réponse à tous les problèmes de la vie courante. Il s'occupait de la paperasse et des fuites d'eau sans jamais se plaindre du temps perdu, acceptant sans rechigner que la vie puisse se loger là, au creux de ces dysfonctionnements perpétuels.

En dans d'autres circonstances, Solen aurait recherché la conversation de Nancy. Celle-ci faisait partie des *vraies gens* auxquels elle n'avait que trop rarement accès. Des gens qu'elle croisait dans le bus ou au supermarché. Des individus porteurs d'histoires qu'elle scrutait et disséquait sans relâche pour en extraire l'essence indispensable à ses livres. Solen le savait, Nancy aurait fait un bien meilleur personnage de fiction qu'elle, pour la simple et bonne raison qu'une femme de ménage existe davantage qu'une femme écrivant sur les femmes de ménage.

Mais là, l'esprit entièrement accaparé par la machine récalcitrante, Solen n'avait pas envie d'être distraite par une autre personne, aussi vraie fût-elle ; et c'est pourquoi elle ne se donna même pas la peine de se montrer courtoise.

« Ça avance », dit-elle, le visage tendu vers la photocopieuse qui demeurait désespérément inactive, sans prendre la peine de repréciser à Nancy qu'elle ne travaillait pas à un roman, mais à un recueil de nouvelles consacrées aux grandes femmes écrivains : George Sand, Sylvia Plath, Elsa Triolet, Marguerite Duras, Françoise Sagan, Virginia Woolf, Goliarda Sapienza constituaient quelques-unes de ces figures mythiques à qui elle souhaitait rendre hommage. Des femmes aux vies souvent scandaleuses, aux fins parfois tragiques, mais au talent insubmersible.

« Génial ! Ça ne doit pas être facile pour vous, d'être ici, loin de vos proches. Mais j'imagine que vous allez vous serrer les coudes entre résidents ?

— Oui, oui, grogna Solen en espérant que Nancy stoppe son babillement intempestif aussi promptement qu'elle avait fait taire son aspirateur.

— Et la nourriture ? Est-ce que vous mangez bien ici ? Il paraît que la cuisinière est un vrai cordon bleu ! »

Cette fois, Solen ne prit même pas la peine de lui répondre. Elle appartenait à une catégorie en voie de raréfaction dans les pays développés : celle des humains qui se nourrissent dans le seul but d'absorber les calories nécessaires au bon fonctionnement de leur organisme. Manger ne l'intéressait pas, et discourir à ce sujet encore moins. Dans ses écrits, elle ne faisait jamais mention des repas pris par ses personnages si ces derniers n'influaient pas directement sur la narration ; et elle attendait de ses lectures qu'elles se plient également à cette règle. Elle avait par exemple renoncé à finir le premier tome de *Millénium*, la trilogie policière du Suédois Stieg Larsson, au seul motif que le personnage de Mikael Blomkvist engloutissait du café noir et des sandwichs tous les trois paragraphes.

« Est-ce que vous avez des migraines ? reprit Nancy sans se décourager.

— De quoi vous parlez ? demanda Solen d'une voix coupante, pour bien signifier à Nancy que cette conversation ne l'intéressait pas, au cas où celle-ci ne l'aurait pas encore remarqué.

— Il y a des résidents qui se plaignent d'avoir mal à la tête, poursuivit Nancy en rougissant un peu. On n'a pas l'impression, mais vous savez que nous sommes un peu en altitude ? »

Solen aurait voulu rétorquer que c'était sa voix nasillarde, davantage que la migraine, qui lui donnait mal au crâne.

Nancy s'approcha de Solen et lui posa une main sur le bras, comme si elle s'adressait à une gamine lente d'esprit :

« Est-ce que vous avez essayé… ?

— Quoi encore ? aboya Solen. Quoi ? Mais quoi ? Vous allez me lâcher, à la fin, avec vos questions complètement débiles ?

— … d'appuyer sur le bouton rouge deux fois, et puis une fois sur le bouton vert ? »

Nancy posa l'un de ses doigts potelés sur le bouton rouge de la photocopieuse, qu'elle pressa deux fois avant d'appuyer sur le bouton vert. Un flash de lumière traversa la machine et l'impression se mit en route.

Les remerciements de Solen furent couverts par le bruit de l'aspirateur que Nancy avait remis en marche. Sa culpabilité ne dura cependant que le temps de monter à l'étage, où elle retrouva Sylvia Plath, peu charitablement laissée la tête dans le four.

Plus tard, alors que Solen faisait une pause café-cigarette près du cottage, elle fut interpellée par la voix joyeuse du *handy man* :

« Vous vous acclimatez bien on dirait ! »

Décidément, songea Solen, il était impossible d'avoir un moment de répit dans ce lieu pourtant dédié au calme et au labeur.

Irvin avait un chapeau de cowboy un peu ridicule sur la tête, et une tasse à la main. Solen jeta un coup d'œil à cette dernière, remplie d'un liquide brunâtre où surnageaient quelques feuilles.

« C'est de l'infusion que je prépare moi-même, dit Irvin. Vous voulez goûter ?

— J'ai ma potion à moi, merci, répondit poliment Solen.

— La caféine, c'est le poison des auteurs.

— Sans doute, mais c'est moins cher que la coke, rétorqua Solen, un peu irritée.

— Les plus mauvaises drogues ne sont pas toujours celles qu'on croit. Et si vous buviez moins de café, peut-être que vous dormiriez un peu mieux ? »

Solen n'eut pas le temps de demander à Irvin comment il savait qu'elle souffrait d'insomnies chroniques, alors qu'elle dissimulait son manque de sommeil sous les couches expertes d'un anticerne hors de prix. L'homme à tout faire portait déjà la main à son chapeau comme dans un mauvais western.

« Il faut que j'aille jeter un œil à la *tuyauterie* de l'une de vos camarades, dit-il, avant de s'éloigner. À plus tard ! »

Irvin avait utilisé le mot *tuyauterie* en français dans le texte. Que l'homme à tout faire ait des notions de vocabulaire hexagonal n'était pas de nature à étonner Solen ; mais elle se serait attendue à ce qu'il maîtrise les classiques *baguette*, *Moulin Wouge*, *Gérard Depardiou*, et *voulez-vous-coucher-avec-moi*. Or un mot aussi complexe, aussi dur en bouche, aussi *français* que *tuyauterie* suscitait des questions : Irvin avait-il étudié le français, ce qui constituait en soi un fait intrigant dans un pays où l'apprentissage de langues étrangères passait pour une exception ? Ou, plus romanesque mais non moins plausible, Irvin avait-il vécu en France ?

À moins qu'il n'ait eu une petite amie française ? La machine à fiction de Solen s'emballait ; elle regrettait qu'Irvin ne se soit pas attardé plus longtemps. Elle finit son café, songeant malgré elle qu'elle en buvait effectivement un peu trop.

11.

À la fin de la semaine, Jacques avait mis au point une routine aussi immuable que déprimante. Il se levait sur les coups de huit heures, épuisé par une nuit de cauchemars imprécis qu'il oubliait aussitôt. Il prenait une douche rapide et enfilait des vêtements confortables. Puis il allait se servir en café et en toasts dans la cuisine, où il saisissait au vol quelques bribes de conversation entre Holly et Dave, déjà attablés. En dépit de l'heure matinale, les deux résidents circonscrivaient déjà les problèmes du monde, des guerres au Moyen-Orient à la géopolitique de l'énergie nucléaire en passant par la menace terroriste.

Son petit déjeuner terminé, Jacques s'asseyait quelques instants sous la véranda qui surplombait le parc à sculptures. Irvin l'y rejoignait parfois. Les banalités des premiers jours (ce que les Américains qualifient de *small talks,* et qui désigne des conversations légères, sans véritable objet – des sortes de courtoisies météorologiques) – avaient cédé la place à des échanges d'autant plus soutenus qu'Irvin était remarquablement instruit. Jacques se demandait par quels inextricables jeux du destin un type capable de disserter aussi bien sur la théorie des formes de Platon que sur le paradoxe de Shrödinger avait fini comme homme à tout faire dans un patelin reculé de l'État de New York. Mais il aurait bien sûr été indélicat de lui poser directement la question.

Ayant fait le tour des êtres humains disponibles, Jacques se retirait enfin dans son antre et allumait son ordinateur aux alentours de neuf heures. Bertrand lui avait affirmé qu'un changement de décor ne pourrait que lui faire du bien, et Jacques l'avait cru. Pourtant, le même désespoir qu'à Paris le saisissait. Assis sur sa chaise à fixer l'écran, il en venait à espérer qu'une crise cardiaque le terrasse et mette un terme à son supplice.

À dix heures, n'ayant toujours pas écrit la moindre ligne, il finissait par se lever et marcher de long en large, plus nerveux qu'un animal en captivité. Le silence épais de la chambre, un silence à couper au couteau, le rendait fou, et c'est pour y échapper qu'il retournait à la cuisine, se versait un autre café et grignotait une seconde fournée de toasts, avant de regagner son bureau la mort dans l'âme.

Bien qu'il ait finalement réussi à aérer l'appartement, au point de faire presque disparaître l'odeur de produit chimique, il soupçonnait que l'air n'y circule pas bien. Il souffrait d'une migraine légère mais continue, et sa bouche était déshydratée, comme s'il avait trop bu la veille ; y compris lorsque ce n'était pas le cas.

Mais la migraine et la déshydratation étaient secondaires : ce qui perturbait surtout Jacques, c'était l'absence totale de bruits, qui permettait à ses pensées négatives d'occuper tout l'espace. Il ne méritait pas la position de résident subventionné. Il représentait une gêne pour lui-même comme pour les autres, les vrais auteurs entièrement dédiés à leur art, capables de rester assis à leur table de travail une journée entière sans cligner des yeux.

Écrire ne lui avait jamais paru aussi peu naturel, et pourtant Jacques se sentait terriblement frustré de ne pas y parvenir. Les doigts sur le clavier, il s'abîmait dans la contemplation du paysage découpé par le rectangle de sa fenêtre. Chaque élément y était à sa juste place. Les troncs noirs avec leurs bras émaciés jetant leurs poings dans le ciel orageux, comme dans le film *Blanche-Neige,* que Camille adorait ; l'armée de buissons en uniforme vert ; le vieux couple de bancs qui réchauffaient l'arrière-plan de leur rouge colérique. Tout ce qu'il avait à faire, c'était articuler son écriture de la même manière que le cosmos s'articulait. Assembler les fleurs éparses de ses idées en un bouquet serré de mots. Tendre au visage du monde, le miroir à peine déformant du roman. Un programme sublime, et parfaitement décourageant.

À Paris, il se laissait aisément distraire par les aléas du quotidien : un coup de téléphone, un courrier urgent, un article à corriger et il remettait à plus tard son devoir d'écriture, la conscience tranquille. Seulement ici, dans ce qui s'apparentait à une vacation de l'existence, tout le ramenait à la page Word ouverte sur son ordinateur, unique rempart contre le silence, la neige et le parfum intoxicant de la solitude.

Le premier week-end à la résidence s'annonçant particulièrement froid, Jacques proposa au reste du groupe d'aller se ravitailler en alcool pour y faire face. Une proposition qui fit briller les yeux de Cheyenne et recueillit l'approbation de la majorité. Jacques et Solen furent immédiatement nommés responsables de cette mission délicate, pour la simple et bonne raison qu'ils étaient français.

Ils empruntèrent la Honda louée par Dave avec l'objectif de s'approvisionner dans l'un des *liquor stores* de Chatham, la ville avoisinant White Falls. En vraie Parisienne, Solen n'avait pas le permis. Jacques fut donc commis d'office au volant alors même qu'il détestait conduire. Dans la vraie vie, il s'asseyait toujours côté passager et laissait à Alicia le soin de les mener où bon lui semblait.

La voiture de Dave était très sale ; Solen trouva même un sandwich au thon entamé dans la boîte à gants. Mais il s'agissait d'une automatique qui s'avéra facile à manier, et Jacques, après quelques minutes de conduite souple jusqu'au bas de la colline, puis sur la petite route longeant la forêt noire, se détendit.

« Qu'est-ce que tu as fait aujourd'hui ? demanda-t-il à Solen, qui s'amusait à dessiner des visages sur la vitre embuée.

— J'ai bien avancé sur ma nouvelle, et puis j'ai fait une petite pause en regardant une série. Tu as entendu parler de *I love Dick* ? Le pilote est sorti en août dernier. J'ai une copine qui bosse chez Amazon et m'a passé les liens des autres épisodes.

— Ma femme regarde des séries, moi pas trop, répondit Jacques, et il se sentit terriblement rétrograde de dire cela, comme s'il venait de déclarer : ma femme fait la vaisselle, moi pas trop.

— Ça se passe dans une résidence d'artistes, au Texas, poursuivit Solen, peu soucieuse que Jacques, ou la femme de Jacques, regarde ou non des séries. C'est l'histoire de l'épouse d'un des résidents, une cinéaste ratée, qui devient complètement obsédée par un artiste local habillé en cowboy, une espèce de machine à fantasmes qui se trouve être le directeur de la résidence en question. L'obsession de cette fille atteint un tel point qu'elle remet tout en question : son travail, son couple et surtout son moi profond.

— Désolé, personne ne s'habille en cowboy dans le coin, dit Jacques. À part peut-être Irvin, mais je ne suis pas sûr qu'il corresponde à ta définition de *machine à fantasmes.*

— Je n'ai jamais vu une série comme ça, s'enthousiasma Solen, sans même relever la tentative d'humour (certes un peu poussive) de Jacques. Ça renouvelle complètement le regard sur le genre féminin, notamment sur le désir. On voit des femmes qui baisent, des femmes qui créent et qui se battent. Des vraies femmes, quoi, en trois dimensions. On devrait rendre obligatoire le visionnage de ce genre de programmes au collège ou au lycée, pour que les filles réalisent qu'elles sont habilitées à exister aussi haut et fort que les hommes.

— J'ai une fille, dit Jacques. Et je n'ai pas l'impression qu'elle ait besoin de regarder une série pour se sentir *habilitée à exister*, comme tu dis.

— Quel âge elle a ?

— Neuf ans.

— Crois-moi, quand la puberté passera par-là, les choses seront un peu plus compliquées !

— On dirait ma femme », observa Jacques, et la conversation s'arrêta là.

Cela faisait à présent un quart d'heure qu'ils roulaient, et Jacques commença à s'inquiéter. Ils n'avaient toujours croisé aucune voiture, ni aperçu aucun panneau indiquant la direction de Chatham. Qui plus est, le GPS de Dave ne fonctionnait pas. Mais ce souci de géolocalisation fut brutalement relégué au second plan. Trois cents mètres plus loin, un cerf était figé en plein milieu de la route. Pris dans les phares, l'animal se rapprochait de plus en plus sans que Jacques puisse ralentir. Son cerveau ne parvenait pas à lancer la commande d'actionner la pédale de frein, le condamnant à être le spectateur impuissant de l'accident à venir.

La panique suintait de tout son corps, dessinant des cercles humides dans l'air, empoisonnant les quelques litres d'oxygène que contenait l'habitacle. Il pouvait se figurer le bruit mat que ferait le corps du cerf en percutant l'avant de la voiture ; le jet de sang tiède se répandant tout à coup sur le pare-brise en averse écarlate ; les pneus dérapant dans la neige ; et le silence immémorial précédant l'instant où la vie se retire, expurgée dans un dernier souffle d'haleine aigre.

Et puis, le temps soudain condensé en une multitude d'actions extrêmement rapides, les roues avant crissèrent, la voiture se déporta violemment sur la droite, Solen cria, et Jacques donna un coup de volant pour redresser la Honda qui amorça un tête-à-queue avant de s'immobiliser au pied du cerf.

Pendant quelques secondes, Jacques n'entendit rien d'autre que le bruit du sang pulsant à ses oreilles. Son cœur cognait à telle allure qu'il semblait sur le point de bondir hors de sa poitrine. Il l'imagina palpitant dans la fraîcheur de la mousse, enfin libéré de sa prison thoracique. Machinalement, lui revint en mémoire la première phrase du roman de Maylis de Kerengal, *Réparer les vivants*, qu'il avait lu, Dieu sait pourquoi, Dieu sait comment, et aimé : « Ce qu'est le cœur de Simon Limbres, ce cœur humain depuis que sa cadence s'est accélérée à l'instant de la naissance quand d'autres cœurs au-dehors accéléraient de même, saluant l'événement, ce qu'est ce cœur, ce qui l'a fait bondir, vomir, grossir, valser léger comme une plume ou peser comme une pierre, ce qui l'a étourdi, ce qui l'a fait fondre – l'amour… »

« Tu penses qu'il est blessé ? demanda Solen, les yeux rivés sur l'animal immobile. Ses doigts étaient toujours crispés sur le frein à main, leurs jointures blanches.

— Je ne sais pas et je m'en fous », répondit Jacques d'une voix cassée.

Il arrêta le moteur. Alors qu'il s'extirpait de la voiture, le cerf bondit et gagna le bas-côté de la route, infirmant avec grâce les questionnements de Solen sur son état de santé. Jacques s'éloigna à grandes enjambées, pressé de mettre le plus de distance possible entre lui et la scène qui venait d'avoir lieu.

La petite voix dans sa tête avait atteint son niveau maximal. *Tu marches comme un fou furieux,* disait-elle, *les pierres ont l'air mortes et tu as toi-même failli mourir, Solen est sortie de la voiture à son tour, tu peux la voir qui s'appuie contre la portière et allume une cigarette, tu crèves d'envie de fumer toi aussi mais tu n'as pas le courage de retourner sur tes pas et d'affronter le jugement de ses yeux un peu trop clairs.* Jacques trébucha sur une branche, ce qui eut pour effet immédiat de réduire la petite voix au silence. Et tandis qu'il se massait la cheville en pestant contre lui-même, il se souvint.

Dans l'œil du cerf, à quelques secondes de la collision, Jacques avait vu apparaître le regard bleu de sa mère. Un regard où se lisait une frayeur résolue face à l'imminence de la mort. Le regard qui avait dû être le sien juste avant qu'elle ne se tue et juste avant que le monde, en Jacques, ne se taise à son tour.

II

12.

Déjà deux semaines qu'il était ici, et Jacques n'avait toujours pas écrit la moindre ligne. Le beau temps ne pouvait être tenu responsable de sa distraction : bien qu'un soleil pâle tentât parfois une sortie, l'hiver et le froid persistaient, décourageant tout projet d'excursion. La marche lui paraissant nécessaire à l'oxygénation de sa pensée, Jacques s'astreignait néanmoins à une courte promenade quotidienne.

Ce lundi-là, après avoir avalé un sandwich au pastrami en guise de déjeuner, il décida de sortir faire un tour. En relevant la tête de ses baskets, il vit Cheyenne nouant ses tennis sur le perron.

« Tu vas te promener ? Je peux venir ?

— Si tu veux. »

La compagnie de Cheyenne ne le dérangeait pas – mis à part Ritesh, avec qui Jacques buvait parfois un digestif dans la bibliothèque après dîner, c'était probablement la résidente qu'il préférait. Il appréciait plus encore la jeune femme depuis qu'il avait eu confirmation de son alcoolisme. Outre l'impressionnante quantité de vin qu'elle ingérait au cours du dîner, la gracile et souriante Cheyenne descendait plusieurs mignonettes de vodka avant de s'endormir.

Ça, Jacques ne l'avait appris qu'à cause de l'indiscrétion de la femme de ménage qui venait tous les deux jours pour ranger et nettoyer les appartements des résidents. Il était dans la cuisine, en train de boire son troisième café de la matinée, lorsque Nancy avait fait une entrée théâtrale. Elle portait une corbeille à papiers remplie de petites bouteilles de Blue Ice vodka qu'elle avait jetées dans la poubelle à verre avec un fracas ostentatoire.

« C'est à l'Iranienne, avait-elle dit avec une grimace. J'en jette chaque fois une pleine corbeille. C'est pas courant, d'être alcoolique à cet âge-là ! »

À quels autres secrets inavouables la femme de ménage avait-elle accès, simplement en vidant les poubelles des auteurs ? Par délicatesse, Jacques s'était abstenu de lui poser la question. S'il avait insisté, Nancy lui aurait peut-être révélé que l'Américaine se gavait en douce : chips, barres de Snickers, chocolats fourrés, toutes les friandises mises à disposition des résidents y passaient. La Française, elle, carburait aux cigarettes – toute sa chambre en était imprégnée. Quant à Dave, les monceaux de mouchoirs qui débordaient de sa corbeille laissaient imaginer trois hypothèses :

un rhume chronique, une consommation excessive de films porno, ou une combinaison peu commune des deux premières options.

Cheyenne et Jacques décidèrent d'emprunter le chemin que ce dernier suivait habituellement. Ils marcheraient à l'air libre sur deux kilomètres environ, couperaient par la forêt en suivant le chemin balisé, marcheraient de nouveau à l'air libre sur trois kilomètres, puis retourneraient à la résidence. Jacques n'aimait pas trop le passage par la forêt qui lui rappelait l'incident avec le cerf. Humilié d'avoir succombé à une crise de panique en la présence de Solen, il avait pris soin de l'éviter depuis. Il se débrouillait pour ne jamais s'asseoir à côté d'elle durant le dîner, et chaque fois qu'elle entrait dans une pièce où il se trouvait, il dégainait un prétexte futile pour la quitter aussitôt.

Cheyenne et Jacques entamèrent leur promenade avec les généralités d'usage, commentant la météo capricieuse et énumérant les espèces végétales et animales qu'ils rencontraient – des ormes aux troncs massifs, des framboisiers décimés par l'hiver et les drôles d'oiseaux à la robe mouchetée qui réveillaient Jacques tous les matins. Ils évoquèrent le rôdeur invisible qui avait cessé de se manifester, passé le premier jour. Puis, tandis qu'ils allongeaient le pas, échauffés par la marche en plein air, Jacques s'enhardit à poser des questions à Cheyenne sur son livre en cours d'écriture.

Alors que Dave, Solen et Holly parlaient volontiers de leurs travaux respectifs – une comédie musicale consacrée à l'Amérique trumpiste pour le premier, un recueil de nouvelles pour la deuxième, et un essai sur l'avenir de l'écologisme occidental pour la troisième – Cheyenne n'avait encore jamais évoqué le sien. « J'essaye de finir les derniers chapitres de mon *memoir*, expliqua-t-elle à Jacques.

— Qu'est-ce que c'est que ça, un *memoir* ? Un genre d'autobiographie ?

— Pas tout à fait. Une autobiographie est censée retracer l'histoire d'une vie dans son exhaustivité, comme *Les Confessions* de Rousseau. Alors que le *memoir* se consacre uniquement à certains pans d'une vie.

— Tu n'es pas un petit peu jeune pour écrire des pans de ta vie ? demanda Jacques avec condescendance.

— Tu sais, un *memoir* peut être écrit à n'importe quel âge, pour peu qu'on ait des choses à raconter. »

La jeune femme ambitionnait de retracer l'épopée fondatrice de sa famille, des dernières années passées en Iran à son installation aux États-Unis. Alors que les Hassibi habitaient Téhéran, leur fils aîné s'était fait emprisonner et torturer par la Savak, la police secrète du Shah, parce qu'il militait au Tudeh, le parti communiste opposé au régime. Un choc pour la famille sympathisante du Shah, qui découvrit à son grand effarement que Gaîdzag n'avait guère fréquenté l'université depuis son inscription.

Après la révolution islamique de 1979, Gaîdzag se fit de nouveau emprisonner et torturer, bien qu'il ait pris publiquement position en faveur de l'ayatollah Khomeini. Le jeune homme venait de fêter ses vingt ans. Lorsqu'il sortit de prison, quelques mois plus tard, il en paraissait dix de plus.

À la libération de Gaîdzag, la famille Hassibi avait fui le pays et obtenu l'autorisation de s'installer aux États-Unis grâce à l'intervention du cousin Arshad, dès lors érigé au rang de dieu vivant. Arshad avait des relations, ainsi qu'un magnifique appartement en plein cœur de Manhattan et c'était, aux yeux de la famille, la combinaison de ces deux éléments miraculeux qui avait permis l'obtention de la *green card* (à la différence de Dieu, Arshad habitait au neuvième étage d'une tour en verre surplombant Central Park, où les Hassibi se rendraient chaque année en pèlerinage, les bras chargés de fleurs et de fruits).

Sur les conseils d'Arshad, Ehsan Hassibi, sa femme Feriel et leurs cinq garçons s'étaient installés dans le quartier de Little Persia, aussi connu sous le nom de Tehrangeles : une enclave iranienne au sein de Los Angeles où l'on parlait farsi, mangeait de la purée d'aubergine et des grillades tout en échangeant des nouvelles du pays. Les parents de Cheyenne y avaient monté un commerce de quincaillerie qui marchait bien et où travaillaient les deux aînés, Gaîdzag et Babak. Ehsan et Feriel espéraient que les rêves de paradis communiste de leur premier fils se dissoudraient vite sous le soleil californien. Mais Gaîdzag ne s'acclimata jamais tout à fait à la superficialité régionale.

Un an après l'installation des Hassibi, un nouvel enfant vint au monde : une fille, contrairement aux prédictions d'Ehsan, qui s'enorgueillissait de ne fabriquer que des petits garçons. Prise de court par cette naissance inopinée, Feriel lui donna le nom de Cheyenne, version féminisée et américanisée du prénom perse Shayan.

La vie aurait pu être douce à Tehrangeles, entre palmiers longilignes et jeunes femmes siliconées ; c'était sans compter sur les troubles de stress post-traumatique développés par Gaîdzag. Celui-ci se barricadait dans la cave chaque fois que le téléphone sonnait ; menaçait de mort tout inconnu ayant l'audace de lui adresser la parole ; se battait avec le facteur, les représentants de commerce et les voisins qu'il soupçonnait tous de travailler pour la Savak, pourtant démantelée à la chute du Shah.

Un jour, Gaîdzag fut incarcéré pour une affaire de trafic de drogue et leur père dut vendre la quincaillerie pour payer sa caution. En plus de leur avoir fait tout perdre, l'affaire avait entaché le nom des Hassibi. On accueillait le père et la mère pour un verre de khakshir ou un thé, on les plaignait, on leur offrait des dattes, on leur promettait un soutien éternel, mais lorsqu'ils évoquaient la nécessité impérieuse de retrouver du travail, les sourires s'éteignaient tout à coup, et les théières se vidaient mystérieusement.

Contrainte de quitter l'îlot préservé de Little Persia, toute la famille déménagea alors à New York où, toujours grâce au cousin prodigue, les parents de Cheyenne trouvèrent un travail à la Public Library – son père comme gardien de nuit et sa mère comme assistante bibliothécaire. Gaîdzag, lui, était resté à Los Angeles, où Cheyenne supposait qu'il habitait toujours. La famille était sans nouvelles de lui depuis près de quinze ans.

La logorrhée inattendue de Cheyenne ne dérangeait pas Jacques. Le son de sa voix était comme une agréable musique de fond dont il entendait les notes sans chercher à en percevoir pleinement le sens, ni cesser d'enregistrer ce qu'il était en train de faire – lever les pieds l'un après l'autre, éviter les branches mortes et la neige boueuse, écrabouiller les feuilles qui crissaient sous sa semelle.

« De douze à dix-sept ans, je suis passée par toutes les phases : punk, gothique, hip-hop, avec des tresses et des joggings… Le jour où je suis revenue chez moi avec un piercing dans le nez et les cheveux rasés, mon père m'a fiché la raclée de ma vie. »

Cheyenne riait en disant cela.

Une averse de pluie et de neige les surprit en plein milieu de leur promenade et de l'adolescence chaotique de la jeune femme. La frondaison des arbres gigantesques les protégeait, agrippant les flocons au vol. Ils accélérèrent le pas sans réaliser qu'ils allaient se faire tremper sitôt à l'air libre. Tandis qu'ils marchaient à grandes enjambées, Jacques jetait de fréquents coups d'œil à Cheyenne, comme s'il attendait qu'elle dise ou fasse quelque chose. Son visage était légèrement déformé par la pluie qui rebondissait sur le haut de son crâne avant de couler sur ses pommettes, et ses yeux, qui semblaient se rétrécir à mesure que déclinait la lumière, ne se réduisirent bientôt plus qu'à deux fentes étroites.

Les seins de Cheyenne se dessinaient sous son pull mouillé, et Jacques fut happé par le désir inattendu et brutal de la pousser contre un tronc, de remonter sa jupe, de défaire sa ceinture et de… et de… Puis il réalisa qu'un peu de morve coulait du nez de la jeune femme, et son fantasme s'évanouit tandis qu'il observait la progression du petit serpent jaunâtre souillant sa lèvre supérieure.

Ils arrivèrent trempés à la résidence. Après s'être changé dans sa chambre, Jacques se rendit à la cuisine pour faire du café et peut-être fumer une des cigarettes de Solen qui laissait souvent traîner son paquet sur le comptoir. Sauf que ce dernier se trouvait justement entre les mains de la romancière, qui fumait à la fenêtre. Jacques voulut battre en retraite mais elle le prit de vitesse.

« Écoute, cette histoire avec le cerf, c'est ridicule. On s'en est sortis vivants, tout va bien. Et puis ça arrive à tout le monde de faire une crise de panique. Moi je deviens dingue chaque fois que je prends la ligne 13. Toi, c'est la voiture. *So what* ? »

Jacques murmura quelque chose d'inaudible. Solen aspira une dernière bouffée de cigarette avant d'écraser son mégot.

« On a des invités demain soir, dit-elle sans transition aucune, pour signifier que le sujet des freins était clos. Des étudiants en *creative writing*, de l'université de Brown. On a reçu un mail de Will pour nous prévenir.

— Je ne pense pas l'avoir reçu. Ma connexion Internet est très mauvaise.

— J'ai une clé Internet, je peux te la prêter. On fume une clope et on s'y remet ? »

Solen fit glisser deux cigarettes de son paquet et alluma celle de Jacques, puis la sienne. Durant une seconde, son visage fut éclairé par la flamme de l'allumette et, durant une seconde, un autre visage prit la place du sien. Celui d'une femme avec des yeux clairs s'étirant sur les tempes et des traces de peinture sur le front et les joues. Puis Solen souffla sur l'allumette, et le visage de la mère de Jacques s'éteignit.

13.

Une heure plus tard, Jacques était à sa table de travail, s'exhortant à demeurer assis malgré le fourmillement de ses doigts en suspension au-dessus du clavier. Cette fois, il ne ferait pas les cent pas dans la chambre en maugréant. Il n'irait pas non plus à la cuisine boire un verre de vin en compagnie de quiconque s'y trouverait. Il resterait assis à son bureau jusqu'à ce que mort s'ensuive. Du moins jusqu'au carillon de la petite cloche annonçant le repas.

Un appel Skype de grosLapinblanc lui offrit une fenêtre de sortie provisoire. La classe verte au bois de Vincennes, l'aquarium rempli de têtards qui avait été installé dans la salle de classe, la dictée à laquelle elle avait obtenu dix sur dix et le dîner de la veille au restaurant Hippopotamus, avec Grammy ; en quelques minutes, Jacques sut tout des derniers événements marquants de la vie de Camille. Le restaurant Hippopotamus retint particulièrement son attention : pourquoi Alicia n'y était-elle pas allée, elle aussi ? Avait-elle travaillé tard ce soir-là, ou avait-elle mieux à faire que de manger un steak-frites piqué de petits hippopotames en plastique, avec sa mère et sa fille ? Il imagina Alicia buvant un verre de vin avec Boris Leguenec, le directeur financier de Biobo qui la contemplait toujours comme on regarde un cadeau de Noël : avec l'envie irrépressible de défaire l'emballage. Ce dernier avait beau être petit et chauve comme une boule de pétanque, Jacques s'en méfiait comme de la peste. Il avait remarqué que les hommes les plus quelconques étaient souvent les concurrents les plus dangereux – ils compensaient leur disgrâce physique par un surcroît de charisme et, surtout, par l'audace décomplexée de ceux qui n'ont rien à perdre.

Comme pour corroborer ses inquiétudes, Alicia, qui venait d'apparaître à l'arrière-plan, se comporta de manière évasive. Elle se contenta d'évoquer une entrevue désagréable avec une collègue du marketing, puis décréta que Camille devait prendre son bain. Jacques fit semblant d'embrasser l'écran, ce qui fit rire sa fille. La connexion s'arrêta brusquement.

Il attendit quelques instants, persuadé qu'Alicia avait fait une fausse manipulation et qu'elle allait le rappeler d'une minute à l'autre. Depuis le départ de Jacques, ils tricotaient une conversation décousue par messages vocaux interposés. Ce n'était jamais le bon moment pour se parler, Alicia était toujours en rendez-vous ou sur le point de sortir, fuyant Jacques comme on fuit une culpabilité.

Tandis que Jacques fixait l'écran de son PC, un message apparut indiquant que grosLapinblanc était désormais hors ligne. Alicia avait raccroché sans prendre de ses nouvelles, ni même lui dire au revoir.

Le cœur soudain trop à l'étroit dans sa cage thoracique, il décida de s'allonger un peu avant de se remettre à ses écrits. Il s'endormit aussitôt et se réveilla trois heures plus tard. Il faisait noir dehors ; l'heure du dîner en compagnie des étudiants de Brown approchait. En s'ébrouant, il se rappela le rêve perturbant qu'il venait de faire. Il flânait dans un jardin luxuriant planté de bananiers et d'arbres exotiques dont il ne connaissait pas les noms. À la place des fruits, des feuillets manuscrits étaient accrochés aux branches : les pages du livre qu'il essayait désespérément d'écrire. Il tentait de les cueillir aussi vite que possible, une activité laborieuse car ses mains étaient roides et malhabiles. Mais un violent coup de vent envoyait valser les pages qu'il avait collectées. Le regard tourné vers les virgules blanches tournoyant dans le ciel, Jacques avait alors pensé : tous mes souvenirs sont maintenant enfuis.

Puisqu'il n'était plus question d'écrire pour aujourd'hui, il eut l'idée de se faire couler un bain. Le robinet résistait, et il dut le forcer pour qu'il cède et tourne dans un crissement d'essieu. Le flot qui en gicla lui arracha un cri de surprise : l'eau était noire. Pas brunâtre, comme l'est parfois l'eau d'un évier qui n'a pas été utilisé depuis longtemps, mais entièrement noire, noire comme de l'encre, noire comme les plus sombres des pensées sombres de Jacques.

« Je ne comprends vraiment pas ce qui a pu se passer », assura Irvin en se remettant debout, après avoir ausculté la baignoire ainsi que la colonne d'aération située derrière les toilettes. Il était arrivé moins de quelques minutes après avoir reçu le SMS de Jacques, brandissant sa mallette avec le professionnalisme ostentatoire d'un pompier secouriste.

« La robinetterie est toute neuve, et il n'y a pas de problème au niveau de l'aérateur à membrane, poursuivit Irvin en s'essuyant les mains sur un torchon. Donc je ne vois pas du tout comment ce refoulement a pu se produire.

— Mais ce n'étaient pas des eaux usées, insista Jacques. L'eau était vraiment noire comme du charbon.

— Ce qui compte, c'est que tout soit rentré dans l'ordre et que vous puissiez prendre votre bain ! »

Irvin parti, Jacques ouvrit le robinet qui ne dégorgeait plus que de l'eau claire, plaça la bonde et déversa la moitié de la bouteille de gel douche (Camille l'aurait accusé de gaspiller les ressources de la planète). Une fois la baignoire pleine aux trois quarts, il se déshabilla et s'immergea dans la mousse chaude.

Le visage de sa mère d'abord, puis maintenant l'eau noire : à partir de combien de visions hallucinatoires devait-il remettre en question sa santé mentale ? Il considéra son anatomie flottant par endroits : un puzzle de ventre et de genoux à la peau molle, dénonçant le corps en dégradation lente d'un homme de quarante-huit ans. Il plongea la tête sous l'eau pour le faire disparaître.

*

La buée a aveuglé les glaces. L'enfant se sent bien dans le monde opaque et moite de la salle de bains. Il est nu mais il ne frissonne pas, ou s'il frissonne, c'est à l'idée de se couler dans l'eau brûlante. Il enjambe le rebord de la baignoire, un premier obstacle franchi aisément. C'est juste après que vient la véritable épreuve, lorsque ses pieds touchent la surface de l'eau bouillante, puis se posent sur l'émail à blanc.

L'enfant demeure immobile malgré la douleur qui explose dans ses orteils. La chaleur bourdonne, un peu de sueur lui coule le long des omoplates, mais il tient bon. Une fois ses pieds engourdis et donc neutralisés, il contracte les cuisses, bascule le bassin en arrière puis descend en maintenant le buste vertical. Il va lentement, par paliers adroits et précautionneux. Ses mollets imbibés se transforment en éponges douloureuses mais il continue sa descente inexorable. Ce qu'il préfère, c'est la morsure de l'eau sur son bas-ventre qui lui arrache un cri de souffrance et d'extase.

Assis dans la baignoire, il guette le moment où il va pouvoir immerger son dos et ses épaules. Soudain, un grattement contre la porte. Il se fige. La chaleur devient solide, fait bloc autour de ses jambes.

« Mon amour, tu m'ouvres ? La porte est fermée ! »

Sa mère a prononcé cette dernière phrase comme s'il s'agissait d'une étourderie de sa part, et qu'il avait machinalement tourné la clé dans la serrure. S'il lui ouvrait, elle serait capable de venir s'asseoir sur le rebord de la baignoire, peut-être même de se déshabiller et d'entrer à son tour dans l'eau. Et s'il osait lui parler de pudeur, d'intimité, lui rappeler qu'à douze ans, on se lave seul, elle lui rétorquerait qu'elle est sa mère, qu'elle l'a créé ; et que lorsqu'elle lui changeait ses couches, enfant, il se moquait bien qu'elle le vît nu. Il pourrait rétorquer qu'il n'a pas envie, lui, de la voir nue, mais cela ne servirait à rien. Il est impossible d'avoir raison contre elle, sa mère est comme les enfants ou les fous, retranchée au milieu de certitudes oiseuses et de convictions illogiques, triomphante par son seul décret.

« Chéri ! Mon chéri, ouvre-moi, s'il te plaît ! »

L'enfant s'allonge, coule ses oreilles dans la mousse, noie son visage pour ne plus l'entendre.

Un coup sourd le force à remonter à la surface. Il met plusieurs secondes à comprendre. C'est sa mère qui se jette de tout son poids contre la porte. L'enfant est pétrifié, incapable de bouger. Il faudrait qu'il se lève, qu'il aille ouvrir, qu'il mette fin à cette attente insupportable, mais il fixe la porte, hypnotisé.

Enfin, la porte cède : sous la pression, sa mère manque tomber tête la première dans la baignoire. Elle se cogne le front contre le rebord et s'effondre. L'enfant pleure : il croit que sa mère est morte, qu'il l'a tuée. Mais elle se redresse, le front en sang, se penche sur l'enfant qu'elle précipite contre son cœur, et chuchote entre deux baisers : « Plus jamais tu ne fermes cette porte, tu m'entends ? Plus jamais ! »

14.

« Je vous présente Paul Clark et Lucy de La Cruz, qui vont dîner et passer la nuit ici. Ils sont tous les deux en dernière année d'écriture créative à l'université de Brown, notre partenaire ici à la résidence. Ils sont venus échanger autour de votre travail, et du leur. J'espère que vous leur réserverez un accueil chaleureux ! »

Passé la brève introduction de Will, le dénommé Paul Clark s'avança parmi les auteurs réunis dans la salle à manger. Lucy de La Cruz, visiblement plus timide, préféra quant à elle se maintenir à bonne distance.

Avec sa veste de costume blanche et ses cheveux blonds coiffés en petites vagues gominées, Paul Clark ressemblait davantage à un jeune chirurgien de la côte Ouest qu'à un étudiant new-yorkais ; mais ses bonnes manières et son affabilité eurent tôt fait de dissiper cette première impression.

« J'ai adoré les *Mémoires d'une lasagne*, dit-il à Jacques en lui serrant la main. Surtout le personnage du psychiatre. »

Jacques n'eut pas l'occasion de se demander si, oui ou non, il y avait bien un personnage de psychiatre dans son quatrième roman ; car chacun prenait déjà place autour de la table. La conversation se fractionna aussitôt en segments de deux ou trois convives dont Lucy de La Cruz, assise à la droite de Jacques, se trouva exclue. Sa tête pivotant d'un groupe à l'autre, elle se lassa vite de cette gymnastique qui n'était pas même payée d'un coup d'œil ou d'un sourire. Après avoir déplié sa serviette d'un geste ample, la jeune femme se servit du plat de gratin que Louisa avait posé sur la table et commença à manger sans davantage de cérémonie.

« Mais qu'est-ce que c'est que ces manières ! s'écria Holly. On ne t'a jamais appris qu'on ne commençait pas avant que tout le monde ne soit servi ? »

Un silence rêche accueillit sa réplique. Seul Will ne se départit pas de son sourire inaltérable – même si celui-ci avait tout de même un peu perdu de son élasticité. Holly rougit, réalisant le caractère disproportionné de sa réaction. Mais plutôt que de s'excuser ou de battre en retraite, elle opta pour la diversion :

« Jacques, peux-tu me passer la carafe d'eau ? »

Elle se servit un verre plein, qu'elle entreprit de vider sans reprendre sa respiration. Chacun avait les yeux fixés sur sa glotte en surrégime qui montait et descendait comme un ascenseur fou.

Louisa fit son entrée avec un plat débordant de travers de porc grillés, Dave et Paul Clark se levèrent comme un seul homme pour l'aider à le déposer sur la table, Holly reposa son verre, les lèvres humides, et le signal fut heureusement donné de passer à autre chose.

Paul Clark devint très vite le centre gravitationnel de la conversation. C'était un personnage charismatique, aux centres d'intérêt curieusement plus scientifiques que littéraires. Il était notamment passionné par l'épigénétique : une discipline étudiant la nature des changements dans l'activité génétique ne modifiant pas la séquence d'ADN.

« Il y a un scientifique allemand, Thomas Jenuwein, qui utilise une excellente métaphore. Jenuwein compare la génétique à l'écriture d'un livre, et l'épigénétique à sa lecture. Lorsque le livre est écrit, son texte, c'est-à-dire l'ensemble des informations stockées sous forme d'ADN, reste le même peu importe le nombre d'exemplaires imprimés. En revanche, sa lecture varie d'une personne à l'autre.

— Ce qui signifie, concrètement ? s'impatienta Holly.

— Ce qui signifie, par exemple, que deux vrais jumeaux ayant un code génétique identique vont interpréter ce code différemment. Le génotype, c'est-à-dire l'ensemble des gènes, est le même, mais le phénotype, soit l'ensemble des caractères, est différent. Ce qui explique des différences physiques ou comportementales chez ces jumeaux.

— Donc c'est une discipline qui étudie les différences entre les jumeaux ? » interrogea Solen, faussement naïve.

Paul eut un petit rire.

« Pas seulement. L'épigénétique étudie l'ensemble des modifications réversibles, mais également transmissibles lors des divisions cellulaires. Elle explique notamment comment à partir des cellules premières d'un embryon, nous obtenons au cours de la division cellulaire des cellules différentes, comme les cellules du foie, les cellules musculaires, neuronales… et ce malgré un code génétique similaire.

— À quoi sont dues ces modifications ? » voulut savoir Dave.

L'œil de Paul s'éclaira.

« C'est un peu technique, mais je vais essayer d'être le plus clair possible. En gros, la spécification de l'identité cellulaire met en jeu des facteurs de transcription, qui sont des protéines capables de contrôler l'expression des gènes. Certains de ces gènes sont même capables de réguler leur propre expression, ce qui leur permet d'assurer leur maintien au cours des divisions cellulaires.

« Mais au-delà des facteurs de transcription, l'environnement au sens large est responsable de ces modifications, qu'on appelle marques épigénétiques. L'exemple le plus parlant est celui de l'abeille : on sait que la larve d'abeille qui reçoit de la gelée royale acquiert un phénotype de reine, alors que sans gelée royale elle devient une simple ouvrière. Un facteur d'environnement alimentaire pur agit donc sur la réalisation du phénotype. De la même manière, chez les humains, une crise alimentaire majeure peut générer la production de marques épigénétiques. C'est ce qu'a montré une étude conduite par des épidémiologistes sur les conséquences de la famine vécue aux Pays-Bas durant la Seconde Guerre mondiale. D'après cette étude, les enfants et peut-être même les petits-enfants des femmes enceintes dénutries au cours de cette période présenteraient aujourd'hui des problèmes de santé majeurs liés à un métabolisme dysfonctionnel.

— C'est dingue, souffla Solen en triturant de la mie de pain.

— Et encore, ce n'est pas le plus fou ! s'enflamma Clark. Un traumatisme individuel, comme un viol ou un deuil, peut également générer des marques qui vont rester actives toute la vie de l'individu. Mais le plus incroyable, c'est que ces marques pourraient se transmettre d'une génération à l'autre via des modifications épigénétiques des cellules qui forment les spermatozoïdes ou les ovocytes. Il y a une étude à petite échelle qui a été menée à l'école de médecine du Mont Sinaï pour évaluer l'impact de la Shoah sur les descendants des rescapés des camps. Eh bien, le gène lié à la régulation des hormones de stress présenterait les mêmes modifications épigénétiques chez les descendants que celles observées chez les rescapés ! En d'autres termes, le stress subi par les survivants se serait transmis aux générations suivantes via les marques épigénétiques. L'héritage de la Shoah ne serait donc peut-être pas uniquement inscrit dans le patrimoine culturel et familial : il serait héréditaire. »

Si Holly, Dave, Jacques et Solen buvaient les paroles de Paul Clark, Cheyenne, quant à elle, demeurait en retrait, le visage fermé. Mais il y avait une autre personne visiblement peu sensible au charme érudit de l'étudiant : l'air contrarié, Will tenta de changer de sujet à plusieurs reprises, sans succès, avant d'obtenir gain de cause grâce à l'intervention inattendue de Lucy de La Cruz. La jeune femme dégaina une seule flèche, mais celle-ci atteignit aussitôt sa cible :

« Paul a l'air d'être très calé, mais c'est un petit singe savant. Son père est chercheur en neurosciences, il ne fait que répéter des trucs qu'il entend tout le temps. »

Mouché, le jeune homme baissa les yeux ; on ne l'entendit plus jusqu'à la fin du repas.

Après dîner, les étudiants se retirèrent dans l'appartement qui leur avait été alloué pour la nuit. Jacques s'apprêtait à en faire autant, lorsque Will posa la main sur son épaule et la pressa amicalement :

« Ça vous dirait, une petite balade digestive ? »

Flatté que le directeur le distingue du reste du groupe, Jacques sortit avec lui dans le parc. La nuit ressemblait à une piscine coagulée d'étoiles. La lumière cendrée de la lune parait les sculptures d'une étrangeté onirique, soulignant certains détails que le jour aurait échoué à révéler. Les deux hommes déambulèrent au milieu des gigantesques bustes montés sur des piédestaux, des formes géométriques encastrées dans des roues et des toiles en tissu claquant dans le vent tels des drapeaux fantomatiques.

Le nez en l'air, Jacques buta sur un trou de marmotte et faillit perdre l'équilibre. Il se rattrapa de justesse à un visage de femme haut de près de deux mètres. La sculpture n'avait pas de socle, de sorte que le visage semblait jaillir directement de terre. Une fine cicatrice bleue lui balafrait la joue ; une balafre semblable aux traces de peinture qui souillaient autrefois le visage de sa mère.

Dès les premiers beaux jours, elle installait son chevalet en haut de la colline et enlevait ses vêtements un à un, slip et soutien-gorge compris. Un strip-tease grandiose auquel Jacques assistait, les joues brûlantes.

« On est bien comme ça, juste toi et moi », lui lançait-elle entre deux coups de pinceau, nue et radieuse.

Jacques pouvait passer des heures à fouiller la terre à la recherche des petites fées aux ailes blanches qui s'y trouvaient, d'après sa mère, et avaient la taille d'un ongle. Chaque fois qu'il pensait en avoir trouvé une, il se tournait vers elle et l'appelait, triomphant. Elle reposait alors son pinceau et jetait un coup d'œil à l'endroit qu'il lui indiquait du bout de son index.

« Oh, mon chéri, ça n'est pas une fée, disait-elle, c'est un bout de brindille. Cherche encore. »

Et Jacques poursuivait sa quête, bien déterminé à trouver l'une de ces microscopiques créatures et à en faire son amie.

« Pourquoi votre mère peignait-elle nue ? »

Jacques dégringola de la colline ensoleillée. Will le fixait, l'œil luisant dans la pénombre. À quel moment de sa rêverie Jacques avait-il pensé à voix haute ?

« Je vais rentrer, décréta Jacques. Je commence à avoir froid. »

Will parut déçu mais s'abstint de tout commentaire.

Les deux hommes rebroussèrent chemin en silence avant de se souhaiter une bonne nuit.

Celle de Jacques fut bercée de rêves saccadés et fiévreux. Dans l'un de ces rêves, il fut pris en chasse par un géant boursouflé. Jacques essayait de courir mais son corps tout entier était englué dans une vase jaunâtre, au goût et à l'odeur de compote de pommes. Sans effort, le géant l'attrapa du bout de ses doigts en forme de pince de grue. Jacques hurla qu'il ne voulait pas être dévoré, et le géant, qui parlait avec la voix doucereuse de Will, lui demanda : « Pourquoi votre mère peignait-elle nue ? » avant de l'avaler en une bouchée, comme une vulgaire noix de cajou.

Jacques se réveilla brièvement avant de sombrer dans un autre rêve agité qui l'amena cette fois au seuil de sa maison d'enfance.

La porte était à demi ouverte. Mû par une envie pressante, Jacques se faufila à l'intérieur et courut jusqu'aux toilettes. Il se soulagea longuement avant de tirer la chasse. Mais, au lieu de se stabiliser, le niveau d'eau dans la cuvette commença à monter de manière irrépressible et se mit à déborder, trempant les chaussures de Jacques qui, dans sa panique, ouvrit tous les placards à la recherche d'un récipient pour écoper. Il ne trouva qu'une pile de Tupperware, trop petits pour y glisser ne serait-ce qu'un œuf.

Il savait que sa mère serait furieuse, mais il avait besoin de son aide. Il courut donc jusqu'au salon où elle était assise, se balançant d'avant en arrière dans son rocking-chair. Il se jeta à ses genoux et enfouit le visage entre ses jambes. « Pardon, maman, ça déborde », balbutia-t-il, et tout débordait effectivement, ses larmes comme le niveau de l'eau qui menaçait d'engloutir leur maison. Il leva les yeux et découvrit que la femme à laquelle il s'agrippait n'était pas sa mère : c'était sa sœur Danielle, entièrement nue, le buste et le visage couverts de peinture bleue, et il se réveilla en suffoquant.

15.

À huit heures, Jacques était attablé au comptoir de la cuisine, nauséeux de fatigue. Il avait étalé devant lui l'*American Book Review* afin de signaler à quiconque ferait irruption à cette heure matinale qu'il n'était pas d'humeur à bavarder. Cheyenne entra, ses jolies fesses ondoyant dans un jean serré, et il ferma le magazine.

La jeune femme alla droit au placard, attrapa le sachet de bagels et en choisit un aux graines de pavot, qu'elle tartina de beurre de cacahuète et de confiture avant de s'asseoir à côté de Jacques. Elle portait un rouge à lèvres foncé, amarante, qui étonna Jacques par son caractère artificiel, tranchant avec le peu d'apprêt habituel de Cheyenne.

« Ça a l'air bon, observa-t-il bêtement, tandis que Cheyenne croquait dans son petit pain.

— C'est juste un bagel, marmonna-t-elle la bouche pleine, avant d'ajouter, avec un ton d'excuse : j'ai très mal dormi.

— Pourquoi ça ? » demanda Jacques, heureux de leur point commun.

Une miette s'était collée au rouge à lèvres de Cheyenne ; il résista à l'envie de la lui enlever.

« J 'ai rêvé de Paul Clark. »

Jacques dut faire une drôle de tête, car Cheyenne se mit à rire.

« Ce n'était pas un rêve érotique, précisa-t-elle. J'ai rêvé que je l'assassinais. »

Elle mordit avec violence dans son bagel avant de se pencher vers lui, un air de conspiratrice sur le visage.

« Ce mec est trop bizarre. Tu ne trouves pas qu'il s'y connaît un peu beaucoup en neurosciences ? Même pour quelqu'un dont le papa est soi-disant chercheur ?

— Mmmmh. Tu crois que c'est un dangereux scientifique refoulé qui fait semblant d'aimer la littérature ? plaisanta Jacques pour la dérider.

— Je ne sais pas exactement, murmura Cheyenne, on ne peut plus sérieuse. J'ai juste le sentiment qu'il nous cache un truc. »

Se rappelant l'affaire du rôdeur, Jacques se demanda si Cheyenne n'était pas un peu parano. Il n'eut cependant pas l'occasion de pousser cette hypothèse plus avant : car Paul Clark venait d'entrer dans la cuisine. Les avait-il entendus ? Mais l'étudiant semblait aussi amical et détendu que la veille.

« Est-ce que vous avez bien dormi ? lança-t-il avec bonne humeur.

— Très bien, répondit Jacques.

— Quels sont vos plans pour la journée ?

— Écrire, j'imagine, répliqua Cheyenne sèchement.

— Ça me paraît une excellente idée, répondit Paul avec un grand sourire. Je dois moi-même terminer d'écrire un conte fantastique à la façon de Maupassant. D'ailleurs ça vous embête si je vous demande votre avis dessus ? »

White Falls était le dernier endroit où Jacques aurait cru tomber sur un aspirant écrivain. Il ne comptait plus le nombre de messages envoyés par des amis d'amis, lui réclamant des conseils (« Comment se fait-on éditer ? ») ou des avis éclairés sur leur prose (« Tu verras, ça ne fait qu'une petite centaine de pages »). Il n'existait pas de solution optimale à ce type de sollicitations : si Jacques y répondait, il perdait un temps fou ; s'il les ignorait, il passait pour un connard.

Clark le fixait avec des yeux de merlan pleins d'espoir. Par expérience, Jacques savait que les étudiants étaient les plus difficiles à rembarrer. Comment dire non à une jeune personne fragile et enthousiaste, ne demandant rien d'autre qu'un petit coup de pouce pour aiguiller une passion dévorante ?

« Bien sûr, bafouilla Jacques. Avec plaisir. »

Cheyenne eut un sourire ironique, comme si elle avait pris part au débat interne qui remuait Jacques.

« J'y retourne, dit-elle. Travaillez bien. »

Elle se leva, son assiette à la main, et ses petites fesses bleues s'éloignèrent avec dédain.

« De quoi parle votre conte ? demanda Jacques, ravalant un soupir.

— C'est l'histoire d'un homme que le fantôme de sa mère revient hanter. »

Jacques dévisagea Paul, interdit. L'étudiant lui renvoya un regard insondable.

« T'en as pas marre d'emmerder les auteurs ? »

Lucy de la Cruz venait de faire irruption dans la cuisine ; elle semblait excédée.

« Tiens, Lucy in the Sky ! s'écria Paul, tout miel. Tu as bien dormi ?

— Will veut nous faire visiter la résidence.

— Je parle avec Jacques, là.

— Tu lui parleras plus tard. »

Lucy prit fermement son camarade par les épaules, ne lui laissant d'autre choix que de la suivre. En partant, Paul jeta un coup d'œil à Jacques, et lui lança un « Désolé » fuyant et contrit.

Jacques se demanda de quoi l'étudiant s'excusait : d'interrompre leur séance de questions-réponses avant même qu'elle n'ait commencé, ou de s'être approché sans le savoir d'une propriété privée ? Ce n'était sans doute qu'une simple coïncidence ; mais Jacques se sentait bousculé, et même profané dans son intimité. Ne sachant que faire de ce sentiment excessif, il se saisit d'une pomme verte dans la corbeille et mordit dedans. Il perfora sa langue dans le même mouvement, et l'acidité du fruit se mêla au goût ferreux du sang.

*

L'enfant descend l'escalier en sautillant sur un pied. Il va droit à la cuisine, aussi moite qu'un sauna. L'odeur du beurre tiède et du caramel manque de le faire défaillir. Les tartes aux pommes sont alignées sur la table par ordre de grandeur, leurs cercles de fruits concentriques dormant sagement sous le caramel.

« Tu t'es encore disputé avec ta sœur ? » demande la mère en enfournant une énième tarte.

Bien qu'il ne se soit pas disputé avec D récemment, l'enfant acquiesce pour lui faire plaisir.

« Elle est vraiment impossible à vivre. Vivement qu'elle s'en aille, hein ? Tu veux une part de tarte ? »

On dirait vraiment qu'elle s'adresse au four, mais il hoche la tête quand même, au cas où. Elle découpe une énorme part de l'une des tartes et la dépose directement sur la table. N'ayant ni assiette ni couvert, l'enfant plonge son index dans la part et crie. La garniture est brûlante.

Plutôt que de l'escorter jusqu'à l'évier, de lui plonger la main sous l'eau, comme le ferait n'importe quelle mère catastrophée et aimante, la sienne prend son doigt dans sa bouche. C'est le moment que choisit D pour entrer. L'enfant fait le geste de retirer son doigt, mais la bouche de sa mère le harponne, l'enrobe de salive avant de l'en extraire, rose et humide.

Quand il ose enfin relever la tête, cramoisi de honte, inexplicablement sale, il réalise que D a quitté la pièce.

16.

Confortablement installée dans l'emmental dont elle avait fait son bureau, Cheyenne commença à écrire un message à Jacques pour s'excuser de l'avoir lâchement abandonné avec Clark. Mais elle ne lui avait encore jamais envoyé de texto, et entamer une conversation par des excuses lui semblait de mauvais présage. Elle rangea donc son téléphone et se renfonça dans la sculpture avec un soupir d'aise. Elle venait ici même lorsqu'elle n'avait aucune intention d'écrire, uniquement par désir d'être seule ; ce qui tendait à arriver de plus en plus souvent.

À la MacDowell Colony, dans le New Hampshire, où elle avait séjourné deux ans auparavant, elle pouvait passer des jours entiers sans jamais croiser personne. Chaque résident bénéficiait d'un cabanon privé, et chaque cabanon était isolé. Cheyenne n'avait même pas besoin de sortir en quête de nourriture : elle était alimentée trois fois par jour grâce à un ingénieux système de lunch boxes déposées chaque jour sur son paillasson.

De manière générale, elle ne détestait pas la compagnie ; mais elle privilégiait celle des plantes et des animaux. Sa chambre de Bushwick ressemblait à une forêt vierge, envahie de yukas en pot, de plantes rampantes ou dégringolant du plafond. Deux chats, Timon et Pumbaa, se prélassaient sur son lit ou sur le rebord de fenêtre. Se disant allergique aux poils comme à la chlorophylle, sa colocataire Trisha refusait d'y entrer ne serait-ce qu'un orteil.

Ici, à White Falls, pas de chat ni de chien mis à part le chow-chow occasionnel de Will ; en revanche, il suffisait de se lever tôt pour apercevoir quelques biches gracieuses. Lorsqu'elle se réveillait trop tard, Cheyenne dispersait un peu de pain rassis sur son perron et contemplait les grappes d'étourneaux voletant à quelques centimètres d'elle. Ou alors elle allait rendre visite à *son* âne, à quelques kilomètres de là. L'animal était pelé et doux, parsemé de plaques de peau rose où les poils ne poussaient plus. Elle soupçonnait quelque mauvais traitement de la part de son maître, et cela la rendait encore plus proche de l'âne au ventre gonflé comme celui d'un enfant malnutri. Elle le caressait, lui parlait d'une voix apaisante, et l'animal la comprenait, dodelinant de la tête, clignant ses gros yeux noirs confiants.

Si elle aimait tous les animaux sans distinction, de la limace à l'éléphant marin, Cheyenne comptait en revanche peu d'amis au sein du genre humain. À choisir, elle préférait la société des femmes à celle des hommes. Elle aimait leur douceur et leur compréhension intime des choses, leur intelligence sans agressivité, la simplicité crue avec laquelle elles parlaient d'amour, et avec laquelle elles le faisaient. L'anatomie vallonnée de ses consœurs, seins, ventre, pubis, fesses, hanches, la bouleversait, elle dont le corps sec et rigide, tranchant aux angles, était celui d'un petit garçon.

La compagnie bruyante des hommes lui posait davantage de problèmes, même s'il y avait des exceptions. Alex, bien sûr, dont le rire continuait de la réveiller au milieu de la nuit, le cœur cognant si fort qu'elle devait recourir à quelques gorgées de vodka pour se rendormir. Son frère Nima, le plus proche d'elle en âge et en âme. Son voisin Jaime, sculpteur mexicain de soixante-deux ans, qui permettait parfois qu'elle vînt dans son atelier pour écrire. Elle adorait regarder ses doigts pétris de terre glaise façonner des corps cassés, des bouches hurlantes. Étrangement, la douleur de Jaime l'apaisait et lui donnait la force d'écrire.

Depuis peu, elle comptait Jacques au rang restreint des hommes qu'elle appréciait. Elle aimait ses mains, sa voix grave, ses cheveux plus sel que poivre, ses paroles mesurées, sa mélancolie. Leur promenade désormais quotidienne était le meilleur moment de sa journée, elle l'attendait comme une petite fille espère Noël.

Après dîner, Jacques et Ritesh se retiraient souvent dans la bibliothèque pour boire un digestif. Les premiers soirs, elle se joignait à eux. Mais elle s'était vite sentie dans la peau d'un enfant troublant la quiétude d'un moment privilégié entre adultes, et elle avait renoncé d'elle-même à les accompagner. Elle buvait donc ses mignonettes de vodka seule dans sa chambre en essayant de ne pas penser aux mains de Jacques, à sa voix grave, à ses cheveux plus sel que poivre, à ses paroles mesurées, à sa mélancolie.

C'était pour lui plaire qu'elle avait mis de la couleur sur sa bouche ce matin, pour lui qu'elle s'était ainsi déguisée en femme, utilisant un rouge à lèvres emprunté à Trisha. Cela ne lui était pas arrivé depuis longtemps, depuis Alex en fait, d'avoir envie d'être belle pour quelqu'un, et elle se sentit ridicule d'avoir souscrit aux codes de la féminité dans le seul but d'être agréable à un homme qui ne se souciait pas, lui, que sa chemise fût froissée. Elle passa la paume de sa main sur sa bouche, étalant le rouge avec un plaisir masochiste à se savoir barbouillée.

17.

Paul Clark et Lucy De La Cruz adressèrent un dernier geste de la main au petit groupe d'écrivains emmitouflés, tassés sur le perron en une grappe indistincte de manteaux, écharpes et bonnets, avant de grimper aux côtés de Will et d'Helmut dans la Chevrolet grise qui avait conduit Jacques à White Falls. La voiture démarra, effectua un demi-cercle impeccable et descendit la colline avant de disparaître, avalée par un ailleurs indiscernable. Jacques en fut soulagé. Il s'était terré dans son appartement une bonne partie de l'après-midi, renonçant même à sa balade avec Cheyenne afin d'éviter Paul Clark, ses questions d'auteur néophyte et son air d'en savoir plus qu'il ne le devrait.

Cependant, vers dix-sept heures, tenaillé par le manque de caféine, Jacques s'était rendu en catimini à la cuisine pour se préparer un *long black*. Tandis qu'il déambulait dans le vestibule en attendant que le café coule, les murmures étouffés d'une dispute avaient reflué jusqu'à lui. On se querellait à l'étage. Jacques avait monté les marches avec une excitation enfantine. La discussion enflait, se précisait, montait et descendait par vagues de colère successives. Jacques avait reconnu la voix de Paul Clark et celle de Will Jenkins.

Will exhortait Paul à être *patient,* mais aussi plus *discret.* Il était ici en *observateur,* lui rappelait Will, et non en *intervenant.* Mais Clark ne se laissait pas faire. Il avait fait le chemin depuis San Francisco, affirmait-il, espérant tirer le meilleur profit de ses vingt-quatre heures ici. Or comment était-il supposé apprendre si on limitait toutes ses interactions avec les résidents, et qu'on l'empêchait de *parler* avec eux ? Justement, avait répliqué Will, si Clark voulait progresser, il ferait bien de commencer à *écouter.*

Même s'il était satisfait que le jeune homme se fasse rappeler à l'ordre, Jacques avait tiqué sur un détail. Il lui semblait que l'université de Brown était située près de Boston, alors pourquoi Clark avait-il fait le chemin depuis San Francisco ?

Il n'en avait cependant pas appris davantage. Quelqu'un avait soudain fermé la porte, et Jacques avait descendu les escaliers, frustré dans sa curiosité.

« Quelqu'un est partant pour un verre de vin ? » proposa-t-il au groupe sur le point de s'éparpiller. Il était à peine dix-huit heures, ce qui signifiait qu'il restait encore une heure trente pour travailler avant le dîner ; mais les rayons du soleil commençaient déjà à fondre dans le ciel sanguin. Jacques, Solen, Cheyenne, Dave et Holly prirent place sous la véranda avec une bouteille de chardonnay. Jacques ouvrit la bouteille, et ils trinquèrent.

« Dans les yeux ! Dans les yeux ! intima Cheyenne. Sinon, c'est sept ans de malheur ! »

Elle écarquillait les yeux comme une folle, et Jacques se mit à rire, écarquillant les siens à son tour. Pour la première fois depuis son arrivée à la résidence, il se sentait bien, parfaitement à sa place au sein de l'étrange troupeau qui avait migré à White Falls.

« Ce verre est sale », lança soudain Holly, brisant la sérénité fragile du groupe. Elle agita son verre dans la lumière, révélant des traces de rouge à lèvres.

« Alors va le rincer », répliqua Solen avec calme.

Jacques s'attendit à ce que Holly riposte, mais celle-ci se leva, alla à la cuisine et en revint quelques minutes plus tard avec son verre rincé et propre. Elle paraissait décontractée, presque euphorique, au point que Jacques se demandât si elle n'avait pas fumé quelque chose ; d'autant que ses pupilles, remarqua-t-il soudain, étaient anormalement dilatées.

« Regardez ! » s'écria Dave, le doigt pointé vers la vallée en contrebas.

Un cerf blanc à la grâce athlétique se désaltérait, ses bois gris clair à moitié immergés dans l'eau lisse.

« Il n'a pas l'air réel, murmura Cheyenne, émerveillée.

— Il souffre de leucisme, expliqua Dave. C'est une anomalie génétique qui provoque la dépigmentation des téguments. Mon beau-frère a la même chose.

— Oh », fit Cheyenne déçue par cette confidence qui rompait la poésie de l'inexplicable.

Après dîner, Jacques retrouva Ritesh dans la bibliothèque pour leur verre de whisky rituel. Mais au lieu de se laisser aller au silence coutumier qui accompagnait leur boisson, Jacques se confia à lui comme à un voyageur rencontré dans un train à qui l'on raconte tout, précisément parce qu'on sait qu'on ne le reverra pas.

Encouragé par le regard tendre du poète et ses hochements de tête réguliers, Jacques parla de Bertrand, d'Alicia et de Camille, épluchant une à une les différentes couches de sa vie actuelle, tel un oignon impudique. Il saupoudra quelques morceaux choisis de son inénarrable enfance pour relever l'ensemble, égrenant les anecdotes tantôt sordides, tantôt amusantes. Il lui parla par exemple des capotes semées par Danielle et ses amants de passage, qu'il s'amusait à débusquer dans sa chambre ; des tartes aux pommes invendues du marché leur tenant lieu de dîner ; ou encore des dizaines de plants de cannabis que faisait pousser sa sœur à l'arrière du jardin.

Le processus de récolte auquel Jacques avait le droit d'assister requérait méthode et précision. Armée d'une loupe, Danielle saisissait chaque feuille entre ses doigts experts pour analyser la couleur des trichomes et évaluer la maturité de la plante. Elle coupait ensuite chaque branche séparément en veillant à ne pas abîmer les fleurs. Les plus grandes feuilles retirées, elle faisait sécher les branches sur une corde à linge dans le cellier où elle pénétrait ensuite deux fois par jour, examinant scrupuleusement ses plants pour prévenir tout risque de moisissure. Puis elle récupérait les têtes de cannabis qu'elle entreposait dans des pots en verre où leur mère conservait habituellement des fruits secs. Environ un mois après, le cannabis était prêt à être consommé. Danielle se réservait la production d'un plant pour sa consommation personnelle ; le reste était vendu à une dizaine de gamins du village, ravis de sacrifier leur argent de poche et leurs neurones pour une poignée d'herbe. S'il n'avait pas repris la lucrative activité de sa sœur après son départ, Jacques avait néanmoins continué à s'occuper de ses arbres, comme il aurait arrosé les fleurs d'une tombe.

Ritesh s'éclipsa sur les coups de vingt-trois heures. « Merci de m'avoir écouté », lui lança Jacques, soudain un peu honteux de s'être livré à un tel déballage.

Il finit son verre et s'attarda à regarder les livres de la bibliothèque, classés en fonction du pays d'origine de leur auteur. Il commença à passer en revue la section signalée par une petite vignette tricolore, saluant les auteurs en A et en B dont il était familier d'un hochement de tête magnanime et ignorant délibérément ceux qu'il ne connaissait pas.

À la lettre C, il ne trouva que *Limonov* d'Emmanuel Carrère et *Le roi n'a pas sommeil* de Cécile Coulon. Il était d'autant plus contrarié de ne trouver aucun de ses ouvrages dans les rayons que le troisième roman de Solen Garnier, intitulé *Nos inconséquences*, s'était malicieusement glissé au milieu de Régis Jauffret et Philippe Jaenada. Il s'en saisit, et comme pour se dédouaner de ce geste qui ne lui ressemblait pas, il prit également un roman de la britannique Deborah Levy, avant d'éteindre les lumières.

Une fois entre ses draps, Jacques examina de plus près la couverture du second livre qu'il avait emprunté, *Swimming Home*. Celle-ci était blanche et traversée d'un mince bandeau bleu, avec le titre écrit en oblique dans un jaune tirant vers l'orange.

Il tournait la page quinze de *Swimming Home* lorsqu'il fut frappé par une idée lumineuse et très simple, comme toute idée brillante : il allait écrire son nouveau roman en anglais. Comment n'y avait-il pas pensé plus tôt ? Ce n'était pas de l'écriture dont il était las, mais de la langue française où il se coulait comme dans une paire de chaussons confortables. Écrire en anglais serait comme enfiler une paire de souliers neuve ; il aurait du mal à marcher dans un premier temps, puis le cuir s'assouplirait, le pied et la chaussure s'habitueraient l'un à l'autre et il avancerait avec une assurance croissante, redécouvrant la beauté nue des mots.

Puisque la vocation première de l'écriture était la création d'un nouveau langage intuitif et modulable, écrire en anglais lui permettrait de renouer avec les racines mêmes de l'écriture. Preuve de son génie bilingue, cet opus enflammerait tant son épouse que les lectrices anglophones, évidemment plus jolies et admiratives les unes que les autres. Il en confierait la traduction à Josée Kamoun, la voix française de Philip Roth, et cette traduction deviendrait à son tour un succès en librairie. Euphorique, Jacques imagina les queues interminables et les bousculades au Salon du livre ; l'éloge du critique François Busnel qualifiant son opus de « nitroglycérine romanesque » ; et même l'humble aveu de Yolande Leclerc (la concierge de l'école de Camille, qui détestait Jacques) lui confessant avoir adoré son nouveau roman.

Tandis qu'il refermait *Swimming Home*, à présent trop excité pour en poursuivre la lecture, une idée encore plus magistrale affleura à la surface de son esprit en ébullition : il dédierait ce nouvel ouvrage à Alicia, *To my one and only love.* Ou, plus simple et non moins percutant : *To my wife.* Car aussi évident que cela puisse paraître, il ne lui était encore jamais venu à l'esprit d'adresser un livre à Alicia.

Pour la première fois depuis son arrivée à White Falls, Jacques avait hâte d'être au lendemain.

18.

Quand Dave lui proposa de passer la journée à Hudson, où il souhaitait s'entretenir avec des électeurs républicains, Jacques n'hésita pas une seconde. La stupeur de ses journées rythmées par les Skype avec Camille, les promenades en compagnie de Cheyenne, les dîners collectifs autour de la grande table de réception lui pesaient ; et bien qu'il n'y croie plus tout à fait, il n'excluait pas qu'une rencontre avec l'Amérique profonde lui inocule enfin le virus de l'inspiration.

Son projet d'écrire dans la langue maternelle d'Alicia n'avait même pas duré soixante-douze heures. Il s'était rendu compte que sa maîtrise écrite de l'anglais n'était pas à la hauteur de ses compétences orales. À son vocabulaire somme toute assez pauvre s'ajoutait son manque de connaissance des tournures idiomatiques, et il perdait son temps à naviguer entre des dictionnaires bilingues en ligne et des sites de traduction dans le seul but de combiner quelques mots.

Qui plus est, Bertrand lui avait donné le coup de grâce en le décourageant de poursuivre ses chimères anglo-saxonnes au motif qu'il serait compliqué, pour ne pas dire impossible, de sceller un partenariat avec un éditeur américain.

« C'est déjà un miracle que sept de tes livres aient pu être traduits, lui avait-il assené, la voix hachée par la connexion – ou par l'agacement. Tu sais bien que les Éditions du Colimaçon sont une petite structure, et que, sur le marché américain, c'est un euphémisme de dire qu'on ne pèse pas lourd. À moins que tu ne veuilles te trouver un agent directement sur place et publier ton livre sans moi ? »

Jacques avait compris que Bertrand trouvait son ambition déplacée, voire offensante, et l'idée qu'il ait pu le décevoir l'accablait. Tout ce qu'il avait construit, il le devait à son éditeur, qui avait orchestré sa vie par ricochets bénéfiques, d'abord en publiant son premier livre, puis en lui présentant Alicia. Il aurait voulu n'avoir jamais soumis à Bertrand l'idée stupide d'écrire en anglais, alors qu'il n'était même pas fichu d'aligner quelques phrases correctement huilées dans sa langue maternelle.

Bien qu'il soit ravi de s'éloigner de la résidence pour la journée, Jacques fut traversé par une vague d'anxiété en grimpant dans la voiture de Dave, où il n'avait pas pris place depuis l'épisode du cerf.

Il ouvrit la fenêtre pour laisser filtrer un peu d'air, se força à inspirer et expirer calmement jusqu'à ce que son angoisse se dissipe.

Alors que la Honda descendait la colline, Jacques réalisa que c'était la première fois qu'il se trouvait en tête à tête avec le Britannique. Leurs rapports se limitaient principalement au cadre du dîner, et à celui, plus occasionnel, du petit déjeuner. Jacques choisit donc d'avoir recours à un sujet inoffensif en guise d'échauffement : la comédie musicale que Dave entendait consacrer à l'Amérique trumpiste, prétexte à leur escapade de la journée. Ils évoquèrent le suprématisme blanc, la radicalisation des campagnes, le fossé entre les élites libérales et la classe moyenne avant que l'Anglais ne profite d'un temps mort dans la conversation pour lancer un tout autre débat :

« Et sinon, l'Iranienne ?

— Quoi, l'Iranienne ? bredouilla Jacques, désarçonné.

— C'est un avion de chasse, non ? »

Jacques ne répondit rien.

« Allez, quoi, fit joyeusement Dave. Je ne sais pas toi, mais moi, je la trouve super bandante. »

Au mépris que lui inspirait la vulgarité de Dave s'ajoutait la honte que ressentait Jacques d'appartenir à la même catégorie que lui : celle des hommes d'âge moyen frappés par la fièvre moyen-orientale.

« Je ne sais pas si elle est bandante, mais elle est brillante, répliqua Jacques sèchement. Et c'est assez insultant de parler d'un des résidents en ces termes. »

Dave eut un petit rire sarcastique.

« Arrête ton char. Je me fiche de ses neurones, tout le monde ici en a. Je parle de son joli petit cul. Ne fais pas celui qui ne comprend pas. Je t'ai vu la mater pas plus tard que l'autre jour. Quand elle portait son jean moulant.

— Laisse-moi descendre, murmura Jacques sans réfléchir, sa main sur la poignée de la portière.

— Quoi ? s'exclama Dave, soit qu'il n'ait réellement pas entendu, soit qu'il veuille lui laisser une chance de se rétracter.

— Laisse-moi descendre », répéta Jacques.

Prononcée une deuxième fois, cette phrase fit prendre conscience à chacun du point de non-retour qu'elle amorçait. Dave rangea la voiture sur le bas-côté, et à peine Jacques s'était-il extrait de l'habitacle que l'Anglais lui adressait un doigt d'honneur et disparaissait dans un feulement de pneus.

Jacques n'avait pas emporté son porte-monnaie ni son téléphone, pensant ingénument qu'il n'en aurait pas besoin pour aller à la rencontre des électeurs de Donald Trump. Qu'est-ce qui lui avait pris de jouer les chevaliers blancs pour le compte d'une fille qu'il ne trouvait même pas si attirante ?

Il ne savait quelle direction emprunter : était-il plus sage de retourner en direction de White Falls ou de continuer sa route vers Hudson et d'y trouver ensuite un taxi qui le ramènerait à la résidence ? Selon ses estimations, ils roulaient depuis près de quarante minutes, mais il ne savait pas ce qui d'Hudson ou de White Falls était le plus près. Il décida de revenir vers White Falls. Comme pour enfoncer le clou, une pluie fine se mit à tomber, trop éparse pour le tremper tout à fait, mais suffisamment dense pour lui faire regretter sa marche forcée.

Une dizaine de minutes après qu'il se fut mis en chemin, il entendit un bruit de klaxon. Allant dans la même direction que lui, un Hummer rouge ralentit en arrivant à sa hauteur. La fenêtre teintée du conducteur coulissa, et le visage rond et joyeux d'un homme à la coupe de cheveux militaire apparut :

« Monte ! »

Jacques ne se le fit pas répéter, trop heureux de cette intervention miraculeuse. La première chose qu'il remarqua en se hissant à l'intérieur du véhicule fut le portrait trop bronzé du Président américain étalé sur le tableau de bord, à la place généralement dévolue aux photos de famille.

Enchanté d'avoir un peu de compagnie (ce n'était pas tous les jours qu'il prenait un *Frenchie* en auto-stop), Nick demanda à Jacques ce qu'un ressortissant du petit pays tricolore faisait seul sur une route longeant l'Hudson.

« Je voulais me balader et je me suis perdu », répondit Jacques brièvement.

Comme s'il tirait des conclusions du simple fait que Jacques se soit égaré, Nick lui demanda s'il était l'un des écrivains de la nouvelle résidence. Jacques hocha la tête.

« Et tu écris quoi, exactement ? »

Cette question récurrente laissait à Jacques deux possibilités : celle de se transformer en singe savant, énumérant ses obsessions littéraires ainsi que la liste exhaustive de ses publications, ou celle de caricaturer son activité en répondant de la manière la plus imbécile et lapidaire qui soit. Il opta pour la seconde option.

« J'écris des romans.

— Ah ! *So French.* Et quel genre de romans ? Des histoires d'amour ?

— En ce moment, un polar », dit Jacques – ce qui était peut-être vrai, puisqu'au stade où il en était, il était aussi juste de prétendre qu'il travaillait à une intrigue policière qu'à un manuel à l'usage des danseurs de tango.

Nick fit claquer sa langue en signe d'approbation.

« Tu es au bon endroit, alors. Y a tout un tas d'histoires qui courent sur White Falls. Des histoires de meurtres et de crimes passionnels. Ma préférée, c'est celle de la femme rousse, avec sa robe de mariée pleine de sang. Elle apparaît au moment de Pâques et les soirs de pleine lune, et elle gueule à qui veut l'entendre qu'elle n'a pas voulu assassiner son amant.

— Ah oui ? C'est intéressant, dit Jacques, qui détestait ce type de légendes à dormir debout.

— D'ailleurs, maintenant que j'y pense, poursuivit Nick, enthousiaste, j'ai entendu une autre histoire complètement dingue sur la résidence. Comme quoi c'était un centre médical où étaient hébergés les malades mentaux au moment de la Seconde Guerre mondiale. Et il paraît qu'il n'y avait pas que les nazis qui faisaient des drôles d'expériences sur les fous, si tu vois ce que je veux dire… »

Jacques sentit qu'il commençait à transpirer ; il avait vu la lueur d'excitation qui avait brillé dans l'œil de Nick, ainsi que la veine qui s'était soudain gonflée dans son cou lorsqu'il avait prononcé le mot « nazi ».

La situation était donc la suivante : il était coincé dans un 4 × 4 verrouillé en compagnie d'un fan de Donald Trump et d'Adolf Hitler, sans que personne ne connaisse sa localisation, et sans possibilité de contacter qui que ce soit. Tout ce qu'il lui restait à faire, c'était prier pour que son sauveur n'ait pas l'intention de le découper en tranches fines et de le déguster en guise d'apéro – *so French.*

19.

Jacques arriva à la résidence sur les coups de vingt-deux heures, épuisé mais en un seul morceau. Sur la route du retour, Nick avait insisté pour faire une halte chez son cousin, et Jacques s'était laissé faire, songeant qu'il valait mieux ne pas contrarier un psychopathe en puissance. Il avait donc passé l'après-midi ainsi qu'une partie de la soirée en compagnie de Nick et Eddy, version chauve et édentée du premier, à boire de la bière tiède et à discuter politique, port d'armes à feu et complot musulman.

C'est un Nick passablement éméché qui ramena Jacques en haut de la colline, lui octroya une accolade à lui briser les côtes et lui promit de venir bientôt lui rendre visite à la résidence ; et c'est un Jacques complètement vidé, écœuré par toutes les bières qu'il avait bues et tous les commentaires racistes qu'il avait dû endurer qui poussa la porte de son appartement.

Son téléphone ressemblait à un gros insecte clignotant, affichant plusieurs appels en absence d'Alicia, inquiète de ne pas avoir eu de nouvelles depuis plusieurs jours ; un SMS de Will adressé à l'ensemble des résidents leur donnant des précisions quant à la lecture publique qu'ils feraient le jeudi suivant, dans la ville de Hudson ; et un texto de Cheyenne, le premier que Jacques recevait d'elle.

> Salut Jacques, je m'inquiète que tu ne sois toujours pas rentré. Est-ce que tu peux m'appeler ou m'envoyer un message pour me confirmer que tout va bien ?
> XX C

Jacques était très content que Cheyenne se soit inquiétée pour lui. Mais ce qui lui faisait particulièrement plaisir, c'était les deux X qu'elle avait écrits ; soit, lui semblait-il, un baiser virtuel de plus que strictement nécessaire. Il se demanda si elle avait écrit ces deux X par réflexe ou à dessein, distillant, dans l'infini restreint qui séparait ce premier X du second, la possibilité d'une aventure. Mais il avait passé l'âge d'ergoter sur la valeur sémiotique qu'il convenait d'attribuer à un redoublement de lettres. Ce genre de préoccupations stériles convenait aux adolescents fleur bleue et aux vieilles copines célibataires d'Alicia ; or il n'était ni l'un ni l'autre. Il écrivit donc à Cheyenne qu'il se trouvait dans son appartement sain et sauf, et il signa uniquement de son prénom, sans X surnuméraire.

Il écrivit ensuite un texto factuel à sa femme, lui indiquant que tout allait bien, qu'il avait eu un contretemps, qu'il l'appellerait demain. Il ajouta qu'elle lui manquait avant d'effacer ces derniers mots et d'appuyer sur la touche envoi. Elle voulait de l'air, de l'espace : il allait lui en donner, songea-t-il avec une joie mauvaise.

Au moment où il reposait son téléphone, celui-ci vibra de nouveau. Jacques lut le message, sobre et concis, de Dave :

Je suis bien rentré à White Falls, j'espère que toi aussi.

Connard, pensa Jacques en reposant son téléphone sur la table de nuit avant de se déshabiller.

Il était déjà au lit, se préparant à dormir et à tourner la page de cette journée cauchemardesque, lorsqu'il entendit frapper à sa porte. Il fut traversé par l'espoir fugace de trouver Cheyenne, en robe de nuit transparente, sur son paillasson ; même s'il savait que ce type de fantasme avait peu de chances de se matérialiser dans la vraie vie. Pourtant, c'est bien elle qu'il découvrit, plus prosaïquement vêtue d'un sweat et d'un legging, son uniforme habituel ; et il était tellement ébahi par la coïncidence du réel et de son imagination qu'il resta là à la contempler, incapable de prononcer le moindre mot.

« Est-ce que je peux entrer ? » demanda-t-elle finalement, du ton indifférent qu'elle affectait pour demander à se joindre à sa balade quotidienne. Il s'effaça pour qu'elle puisse passer, referma la porte derrière elle et se précipita vers l'armoire pour en extraire un T-shirt qu'il enfila rapidement, gêné qu'elle l'ait vu torse nu.

Elle s'assit sur le bord de son lit défait tandis qu'il s'installait sur une chaise à un mètre d'elle. Il se demanda pourquoi il ne l'invitait pas à passer dans la partie salon de l'appartement, où il leur serait plus facile de bavarder et où il pourrait ignorer son début d'érection. Il attendit qu'elle parle la première et fixe ainsi la tonalité de leur discussion ; après tout, c'était elle qui venait le trouver dans sa chambre à cette heure indue.

« Je voudrais te remercier pour ce que tu as fait, dit-elle, précipitant ses yeux sombres dans les siens.

— Qu'est-ce que j'ai fait ? » demanda Jacques, statufié par son regard.

D'un mouvement de hanches qu'il espérait discret, il tenta de dissimuler son sexe hypertrophié dans les replis du tissu.

« Je veux parler de Dave. Je l'ai croisé tout à l'heure. Quand je lui ai demandé où tu étais, il est parti en vrille. Il m'a dit que *mon mec* allait bien, que *mon mec* allait finir par rentrer… Et j'ai pensé que vous vous étiez peut-être disputés à propos de moi… Qu'il avait dû dire des choses, et que tu avais pris ma défense… – Elle rougit brusquement, comme soufflée par sa propre audace. – Je me trompe ?

— Ce type est un mufle, dit Jacques, et il eut le sentiment que c'était le genre de réplique, à la fois acérée et courtoise, qu'aurait pu prononcer Humphrey Bogart.

— C'est le mot », murmura Cheyenne.

Elle esquissa un sourire encore plus renversant que celui d'Ingrid Bergman avant d'enlever son T-shirt, intervertissant la hiérarchie naturelle entre fantasme et réel, puisque la réalité surpassait cette fois tout ce que Jacques avait pu imaginer.

« Tu n'as pas à faire ça, balbutia-t-il d'une voix étranglée, essayant désespérément de ne pas regarder ses seins.

— Mais j'en ai envie. Pas toi ?

— Je suis marié, répondit-il sans savoir si c'était elle ou lui qu'il essayait d'en convaincre.

— Ça ne signifie pas que tu n'en as pas envie. »

Prenant son silence pour un assentiment, Cheyenne franchit le mètre qui les séparait et s'assit à califourchon sur sa cuisse – elle était si légère qu'il sentait à peine son poids. Il ferma les yeux un instant, soupira et les rouvrit.

Elle avait de ravissants petits seins qui ressemblaient à des oisillons frigorifiés. Il les couvrit instinctivement de sa paume et les oisillons commencèrent à se réchauffer, grossissant au contact de sa peau, remplissant progressivement sa main. Jacques dut convoquer le disgracieux visage de Holly pour réguler la chaleur qui enflait son bas-ventre. Mais ses efforts furent réduits à néant quand la douce et timide Cheyenne s'accroupit, glissa ses doigts doux et timides dans son caleçon, en sortit son sexe et le plaça entre ses lèvres douces, mais certainement pas timides.

Son membre glissant dans et hors de la bouche de la jeune femme, Jacques laissa ses pensées dériver d'une image à l'autre. Un arbre dépliant ses branches sous l'étreinte d'une brise légère ; une tranche moelleuse de *banana bread* coiffée de crème et de cerises à l'armagnac, comme en préparait autrefois sa mère ; une sieste par un après-midi d'été, au creux du soleil. Loin de le distraire du moment présent, ces images constituaient l'écrin de la plus belle d'entre elles, celle de la bouche de Cheyenne enserrant son sexe avec une délicatesse résolue qui lui donnait le vertige.

L'arbre aux bras déliés, le gâteau à la banane et la sieste ensoleillée s'évanouirent soudain pour le livrer entièrement aux sensations que lui procuraient les lèvres et la langue de la jeune femme. Il baissa les yeux et contempla le casque de cheveux noirs qui se soulevait par à-coups maîtrisés, et avant qu'il ait pu se réfréner, il avait éjaculé sur le visage de Cheyenne, lui poissant les cheveux et les joues.

Il n'osa pas la regarder tout de suite. Mais quand il finit par baisser les yeux sur elle, il vit qu'elle souriait de son sourire à la Ingrid Bergman, comme si rien, pas même le sperme, ne pouvait la souiller.

20.

Sereine et calme, Cheyenne fit quelques pas dehors, le bruit de ses pas amortis par la nuit matelassée. Pourtant, tandis qu'elle avançait dans le jardin fantomatique, elle sentit sa belle assurance s'effilocher ; et lorsqu'elle eut enfin gagné le bâtiment couleur crème, puis l'escalier noir menant à son appartement, les maigres filaments qu'il en restait se dispersèrent vite. Elle ouvrit la porte sans même songer à craindre de rester enfermée dehors, tant elle était pressée d'éteindre l'obscurité.

Elle ne comprenait pas ce qui venait de se produire dans la chambre de Jacques. Ne s'expliquait pas pourquoi la peau avait subitement pris le relais des mots. Elle était allée le trouver sans intention précise, croyait-elle, simplement pour vérifier qu'il était là et qu'elle le verrait le lendemain sur le perron d'en face, grisonnant et solide, laçant ses éternelles baskets.

À sa demande, Jacques lui avait certifié être bien rentré. Mais Cheyenne ne parvenait pas à s'endormir, affolée par une peur semblable à celles qui agitaient ses nuits d'enfant. Elle imaginait son père dans la nuit noire de la Public Library, à la merci des cambrioleurs, des clochards et des fous. Trouant le silence de son épaisse lampe torche qui dessinait des ronds blancs sur les murs. Cheyenne finissait par succomber à l'irrésistible mollesse de son oreiller, mais l'absence de son père, qui luttait seul au milieu des livres, la réveillait par intermittences. L'aube arrivait comme une libération, puisqu'elle savait que son père rentrait du travail à l'heure où rosissaient les premières lumières. Elle se levait en catimini, entrouvrait la porte de la chambre qu'elle partageait avec Nima pour découvrir son père assis dans la cuisine, hirsute et fatigué. Sa mère lui préparait du café noir et des tartines avant de s'habiller pour se rendre à la même bibliothèque où elle travaillait, elle, de jour. Cheyenne se recouchait et s'enfonçait alors dans un sommeil vertical et profond dont la tirait l'un de ses frères, parce qu'il était déjà l'heure d'aller au collège.

Au moment même où Jacques était apparu dans l'embrasure de la porte, elle avait senti son ventre s'ouvrir sous l'effet d'une agréable déchirure. Son corps tout entier n'était plus qu'un point d'interrogation brûlant et tendu vers lui. Elle avait prononcé quelques mots pour gagner du temps et travestir son agitation ; puis, n'y tenant plus, elle avait enlevé son T-shirt.

Si on lui avait demandé, au cours d'un procès ultérieur, pourquoi elle avait agi de la sorte, Cheyenne n'aurait eu d'autre défense que de répondre : parce que j'en avais envie. C'était la première fois depuis Alex qu'elle avait ressenti un tel élan du corps. Bouleversée par cet appel aussi impérieux qu'excessif, elle avait agi sans réfléchir à ce que Jacques allait penser d'elle, qui empoignait son sexe et l'enfonçait entre ses lèvres comme si c'était la chose la plus naturelle du monde. Tout ce à quoi elle songeait, c'était au plaisir de s'emplir la bouche avec cette matière chaude et vivante qui réagissait joyeusement au contact de sa langue. La sensation collante du sperme de Jacques n'avait fait qu'amplifier sa joie. Elle régnait en maître sur son territoire. L'or liquide qui coulait sur ses joues était une offrande attestant de son triomphe.

Il avait insisté pour lui nettoyer le visage et les cheveux, et elle s'était laissé faire, parce qu'il aurait été trop long de lui expliquer qu'elle était heureuse de l'avoir colonisé. Les doigts de Jacques étaient aussi tremblants et malhabiles que ceux d'un apprenti coiffeur intimidé par son premier shampoing, et sa gaucherie l'avait fait sourire.

Mais à présent qu'elle était seule dans sa chambre, elle avait honte de la fièvre qui l'avait poussée à venir le trouver à une heure aussi tardive, puis à s'agenouiller à ses pieds comme une petite mendiante lubrique. Elle était l'égale de Jacques, auteure et résidente au même titre que lui, et voilà qu'elle venait de piétiner cette égalité statuaire, de renier ce qu'il y avait en elle de plus sacré, l'écriture, pour s'abaisser à sa seule part animale et instinctive.

Elle répugnait à l'idée que Jacques puisse lui reparler de cet épisode le lendemain, ou pire, espérer que cet acte isolé puisse se reproduire. Mais si elle se montrait distante, sans doute aurait-il l'intelligence de comprendre que cet instant d'abandon n'aurait pas de suites.

21.

Jacques fut tiré de son demi-sommeil par les vibrations de son iPhone, amplifiées par le caisson de la table de chevet. Il était onze heures. Ni la lumière du jour ni l'habitude de réveils matinaux n'avaient eu raison de la langueur bienheureuse dans laquelle il comatait.

Il ouvrit le tiroir et coinça le téléphone contre son oreille, des fragments de Cheyenne clignotant encore derrière ses paupières à demi closes. Sa bouche aux lèvres fines, son petit nez droit, ses yeux d'un noir mat, et puis le bourgeon rose de ses seins qui durcissait au contact de sa paume…

« *Your daughter is a juvenile offender*, attaqua Alicia de but en blanc. Elle est prête à tout pour une poignée de Malabar. »

La vision de Cheyenne se dispersa, chassée par une image précise : celle de Camille menaçant la boulangère d'un pistolet en plastique d'une main, et emplissant ses poches de chewing-gums rassis de l'autre.

« Figure-toi qu'elle n'a rien trouvé de mieux que de voler les goûters des autres enfants dans leur cartable et de les leur échanger contre des bonbons, des barrettes, des crayons, que sais-je encore ! Des parents se sont plaints, et la maîtresse m'a convoquée. Si tu savais comme j'ai *honte* ! »

Jacques tressaillit en entendant ce dernier mot, prononcé avec une indignation trop véhémente pour être sincère. Que savait Alicia de la *honte* ?

« Qu'est-ce qu'on fait ? poursuivit Alicia. Je suis très inquiète. Surtout que Camille ne paraît pas réaliser la gravité de son geste.

— Écoute, il n'y a aucune raison de s'alarmer, dit Jacques, s'exhortant à garder son calme. Camille découvre les rudiments du commerce. Le pire qu'il puisse lui arriver, c'est de finir à HEC.

— *Very funny. I can't stop laughing.* Tu réalises que son comportement est le fruit de ton éducation permissive ? Ou, devrais-je dire, de ton absence d'éducation ? »

D'exaspération, Jacques lança son téléphone contre le mur. Celui-ci ne se brisa pas comme il l'aurait voulu, mais se contenta de rebondir mollement sur la moquette avant de s'immobiliser. Jacques ne bougea pas. Il contempla le téléphone, inerte comme s'il s'agissait du corps de sa femme, hésitant à le réanimer. Finalement il le laissa là où il était, s'habilla à la hâte et sortit.

Ses pieds relayèrent sa colère, et il descendit la colline en courant presque.

Au lieu de s'engager à droite sur le chemin habituel, il bifurqua à gauche et longea le bas-côté de la route avant que le goudron ne se transforme en sente terreuse, s'enfonçant dans une partie de la forêt qu'il ne connaissait pas.

Celle-ci était étonnamment muette, comme frappée de stupeur. La rivière coulait sans produire une seule note, et les oiseaux restaient tapis et muets entre les hautes branches. Bordant le sentier principal sur lequel Jacques s'acheminait à présent, quelques rares maisons dormaient, leurs fenêtres muselées par des stores. Il n'entendait rien d'autre que le mouvement boitillant de son cœur répercuté par le silence.

À l'abri d'une barrière paissaient deux grosses vaches noires qui cessèrent de mâchonner pour le dévisager avec défiance. La première vache sortit une énorme langue grise de sa bouche et commença à lécher le cou de sa compagne sans cesser de fixer Jacques. L'autre se laissa faire, tel un empereur prenant un bain, agitant de temps à autre sa tête monstrueuse pour déloger une mouche.

Un peu plus loin, la rumeur d'une propriété en pleine effervescence lui fit hâter le pas. Il déboucha aux abords d'une maison dont les murs semblaient avoir absorbé le peu de luminosité dispensée par le soleil blanc. Des adultes accrochaient des banderoles entre les arbres du jardin où l'on pouvait lire « *Happy birthday Marty* », et disposaient des assiettes sur de grandes tables endimanchées. Des enfants de tous âges et de toutes tailles couraient, jouaient au basket et se chamaillaient dans les effluves de viande, de bacon et de maïs grillés.

Dissimulé par l'ombre aquatique des ormes, Jacques s'approcha prudemment de la maison. Partout des sourires, des éclats de voix, une évidence joyeuse d'être entre soi. Il s'approcha un peu plus encore, goûtant à cette ambiance de fête provinciale tout en veillant à ne pas se faire repérer. Mais le crissement de sa chaussure sur une branche fit relever la tête d'un des petits garçons qui jouaient.

Jacques se figea, espérant que le regard de l'enfant allait glisser sur lui comme sur un tronc d'arbre ; mais celui-ci cria quelque chose en le montrant du doigt, et Jacques recula dans l'ombre avant de s'éloigner à grandes enjambées, craignant qu'on ne le poursuive à coups de fusil. Nick lui avait confié que les gens du coin avaient la gâchette facile ; une information que Jacques ne souhaitait pas vérifier par lui-même, et il ne ralentit le pas qu'au bout d'une centaine de mètres, lorsqu'il fut certain de ne plus être inquiété.

À l'anxiété succéda alors une colère aussi violente qu'irrationnelle. Pourquoi ne pouvait-il pas, lui aussi, être en train de faire griller du bacon et profiter de cette belle journée en famille ? Pourquoi marchait-il seul dans cette forêt glacée, loin de sa femme et de sa fille ?

Un aboiement interrompit ses pensées. Un colley courait vers lui, suivi par un maître essoufflé. Le colley pressa sa truffe contre le mollet de Jacques, le fixant de son beau regard émouvant.

Si Alicia ne les avait pas eus en horreur, Jacques aurait aimé avoir un chien, peut-être un golden retriever, comme lorsqu'il était petit. Le meilleur ami de l'homme, selon l'adage populaire un poil hyperbolique ; en tout cas, un animal fidèle et loyal. Danielle affirmait qu'un chien préférerait s'allonger auprès du cadavre de son maître et se laisser mourir de faim plutôt que d'y toucher, à l'inverse du chat, ce sournois à moustaches individualiste.

De retour à la résidence, Jacques trouva Irvin assis sous la véranda, le torse vaguement affaissé, les yeux agrippant le vide.

« Ça va ? » demanda Jacques, craignant une rupture d'anévrisme. Irvin parut faire un effort sur lui-même pour revenir au monde physique.

« Oh, oui, tout va très bien ! J'étais en train de faire un peu de méditation en pleine conscience. Vous voulez essayer ?

— Ça ne me dit pas trop.

— C'est une forme de méditation qui vise à se concentrer sur le moment présent, sans ressasser le passé ni anticiper le futur, explicita Irvin, comme si Jacques avait réclamé davantage de précisions. On se contente d'observer ses pensées et émotions actuelles sans aucun jugement. Cela permet de se recentrer sur soi mais aussi de se connecter au monde. On peut garder les yeux ouverts ou les fermer. Ce qui compte, c'est de ne pas s'éloigner de l'instant présent.

— C'est fascinant », dit Jacques qui n'avait pas écouté grand-chose, distrait par l'apparition soudaine de Solen qui s'approchait d'eux à pas rapides, les yeux luisants d'excitation.

Elle tenait quelque chose entre les mains, quelque chose de noir et brillant.

« Je l'ai trouvée sous ma fenêtre », dit-elle, parvenue à leur hauteur.

Il s'agissait d'une petite tortue de terre.

« Oh, je l'ai déjà vue, cette bestiole ! s'écria Irvin en se penchant. Ça fait quelques jours qu'elle traîne dans le coin. »

Solen reposa la tortue au sol.

« La pauvre sort tout juste de sa période d'hibernation, dit-elle. Elle doit être affamée. »

Solen leur raconta que, lorsqu'elle était petite, elle avait eu quatre tortues qui passaient l'hiver dans le frigo. Mais un jour de décembre, son père avait confondu la boîte de l'une des tortues avec un Tupperware de fromage, et l'avait extraite du réfrigérateur pour une dégustation à température ambiante. Sortie trop tôt d'hibernation, la tortue était morte.

« Ça a été un véritable drame, expliqua Solen avec sérieux. J'ai refusé de parler à mon père pendant des jours, et je me suis habillée en noir pendant un mois entier.

— Tu as grandi à Paris ? demanda Jacques.

— Quel rapport ?

— On ne voit pas la mort de la même manière selon qu'on a grandi à la ville ou à la campagne », dit Jacques.

À la ville, la mort était dissimulée, transformée et emballée sous vide dans les supermarchés ; à la campagne, elle était visible, palpable, évolutive. On élevait le cochon avant de l'abattre, de le découper et de le suspendre pour la salaison. On étouffait sans état d'âme des portées entières de chatons n'ayant pas trouvé preneurs. On dégommait les taupes et les ragondins, si mignons avec leur petit museau, sous le regard stoïque d'enfants peu impressionnés par cette succession de meurtres minuscules.

La mort, à la campagne, était une maladie héréditaire, communément transmise et acceptée : on mourait de mère en fils, génération après génération. Pour certains, c'était le foie ; pour d'autres, le cœur ;

et pour d'autres encore, le pot d'échappement d'une voiture directement relié à l'habitacle. Mais quels que soient ses motifs, personne à Cestin n'aurait songé à remettre en question le caractère normatif, inéluctable et permanent de la mort.

Pourtant, en s'approchant du cercueil péniblement hissé sur le comptoir de la salle communale, du corps maigre et plombé, vêtu d'une blouse élégante mais trop légère pour la saison, du visage rosi par une poudre dont la carnation exagérément foncée dénonçait le travail du thanatopracteur, Jacques n'avait pu s'empêcher de s'interroger : quand sa mère allait-elle *cesser* d'être morte ?

22.

Dave et Jacques avaient passé un accord tacite : ne jamais évoquer l'altercation qui s'était produite sur la route de Hudson. Ils se montraient polis l'un envers l'autre, allant jusqu'à échanger quelques mots aimables lorsqu'ils se croisaient. Rien n'aurait pu trahir l'aversion qu'ils éprouvaient l'un pour l'autre, si ce n'était le pli amer qui affleurait parfois derrière leurs échanges de sourires hypocrites. Quoi qu'il en soit, Jacques estimait que leur petit différend était réglé, et qu'il pouvait poursuivre sans inquiétude son aventure avec Cheyenne.

Il avait craint qu'elle ne vienne plus lui rendre visite dans sa chambre, échaudée par la conclusion inélégante de la fellation qu'elle lui avait octroyée. Mais elle était revenue la nuit suivante, et quasiment toutes celles d'après, vêtue du legging et du sweat trop ample qu'il lui connaissait. Jacques l'attirait à lui sitôt la porte refermée, embrasé des orteils aux oreilles par la sensation inouïe que lui procurait ce corps gracile pressé contre le sien. La force de son désir pour cette fille le troublait. Il ne la trouvait toujours pas très belle, à bien regarder son visage, mais elle provoquait en lui un délicieux vertige, une sorte d'ivresse verticale contre laquelle il se laissait glisser.

Tout dans l'anatomie de Cheyenne le surprenait, pour la simple et bonne raison qu'elle différait de celle d'Alicia : ses seins au renflement minuscule et à la pointe dressée vers le ciel ; ses fesses joliment bombées ; ses jambes fines, aux cuisses musclées et aux chevilles fragiles ; ses reins particulièrement cambrés où dansaient les grains de beauté ; ou encore les mystérieuses traces sombres marquant son ventre et ses avant-bras.

On ne s'improvise pas facilement amant lorsqu'on est avec la même femme depuis treize ans, lorsqu'on a pendant treize ans respiré la même peau sans jamais s'aventurer vers d'autres territoires. Et pourtant, Jacques s'immergeait au cœur de cette nouvelle contrée avec une aisance inattendue. Leurs corps s'accordaient sur la même note à la fois prolongée et ténue qui plongeait très loin dans leurs nuits respectives, raclant le tréfonds de leur âme pour restituer, encore toutes chaudes et gesticulantes, leurs pulsions les plus primitives. Le sommier grinçait et gémissait sous le poids de leurs étreintes, mais ils ne l'entendaient pas.

Jacques avait la sensation délicieuse de se perdre en Cheyenne. Son esprit ne galopait pas comme à son habitude. Il ne disséquait pas chaque mouvement de ce curieux ballet des corps. Il ne pensait pas qu'il était en train de l'embrasser, de caresser ses seins ou son sexe, il se contentait de le faire, gravissant chaque palier dans un seul élan, tendu vers l'horizon de sa jouissance. Il était le premier à s'en étonner, mais il ne ressentait pas la moindre culpabilité vis-à-vis d'Alicia, comme si tout ce qui se passait à White Falls ne comptait pas vraiment, comme si rien ne s'y produisait *pour de vrai.*

Jacques avait la conscience d'autant plus tranquille qu'il n'avait pas le sentiment d'utiliser Cheyenne. Toujours amoureuse de son ex-compagnon, la jeune femme avait clairement stipulé que leur histoire était purement sexuelle de son côté aussi. Pour appuyer ses propos, elle avait choisi de couper court à toute tendresse postcoïtale en regagnant son appartement sitôt leurs ébats terminés.

Lorsqu'ils se croisaient en journée, la placidité amicale de leurs échanges ne reflétait en rien la passion de leurs corps-à-corps nocturnes. Ils continuaient de se promener en forêt sans que leur familiarité nouvelle ne s'immisce jamais dans leur conversation ni dans leurs gestes ; sans que Jacques ne songe jamais à embrasser Cheyenne sous le regard blasé d'un hêtre, et encore moins à lui prendre la main.

23.

Avec plus d'un mois de retard sur le calendrier des saisons, le printemps finit par faire une entrée timide avant de prendre ses marques avec une assurance croissante. Au grand plaisir des résidents, le soleil sortait enfin de sa période de convalescence. Les derniers blocs de neige fondaient, dévoilant l'herbe grasse qui octroyait une allure bourgeoise au paysage anémié par l'hiver.

Jacques se dégelait lui aussi, comme à l'issue d'une longue période d'hibernation. Depuis qu'il avait décidé de ne plus forcer son corps à s'immerger chaque matin dans l'épreuve de l'écriture, mais d'attendre que celle-ci vienne à lui et se manifeste comme une envie plutôt que de s'imposer comme un devoir, il respirait mieux. Au réveil, il lui arrivait d'écrire des bribes de son roman en cours, sans se soucier ni de l'ordre, ni de la chronologie des paragraphes qu'il agençait ; quelquefois, il poursuivait son travail après le déjeuner ; parfois, il n'écrivait pas du tout. Il lisait alors, ou regardait des séries sur Netflix quand la connexion le lui permettait, animé par l'espoir fragile que demain serait davantage propice à l'inspiration.

C'est avec une impatience mesurée et tranquille que Jacques attendait la nuit et, avec elle, la promesse de quelques heures volées au sommeil, à parcourir du bout des doigts la géographie intime de sa jeune maîtresse. Il trouvait un charme ineffable à cette vie nocturne suspendue aux lisières de son existence, cette vie exacerbée qui n'aurait pourtant aucune incidence sur son existence réelle, et qu'il oublierait, sitôt rentré chez lui.

Cet après-midi-là, Jacques déjeuna des restes de la veille, que Louisa avait pour une fois oublié d'emporter. Après s'être promené avec Cheyenne au creux de la douceur printanière, il prit une douche brûlante dans son appartement puis alla s'installer sur un banc du jardin pour lire.

Son livre sur les genoux, Jacques rêvassait à demi dans la lumière rasante de la fin de journée, serein et propre comme un enfant après son bain, lorsqu'une chose étrange apparut. Au premier abord il crut qu'il s'agissait du reflet du soleil sur l'étang en contrebas. Cela ressemblait en effet à un rayon de soleil, en plus vertical et dense, et en moins lumineux, puisqu'il pouvait le fixer sans cligner des yeux.

Tandis qu'il l'observait, il repensa aux conseils dispensés par Irvin, le jour où il l'avait surpris en pleine méditation : *Ne pas ressasser le passé ni anticiper le futur… Observer ses pensées et émotions actuelles sans aucun jugement…*

S'efforçant d'isoler quelques filaments de sensations – la tiédeur de l'air sur ses joues, le poids de ses cheveux humides, l'odeur proche d'un massif de fleurs, il sentit le rayon s'infiltrer en lui avec la force tranquille d'une vague ; et cette vague imprimait à son cœur un mouvement si régulier que son pouls se mit lui aussi à ralentir, comme si Jacques se préparait à mourir, alors même qu'il ne s'était jamais senti aussi vivant. Les souvenirs et les regrets qui suppuraient une mélancolie sourde dans ses veines refluaient soudain, telle la marée sous l'influence de la lune, laissant son esprit aussi clair et lisse qu'une plage de sable.

Bien qu'il ne s'y connaisse guère en ornithologie, Jacques pouvait tout à coup faire la différence entre le chant des merles et l'appel déchirant des geais bleus, la complainte glaçante des oies et le bégaiement du pic flamboyant, dont il distinguait le corps moucheté à quelques mètres du banc où il était assis.

Il entendait également des sons qu'il n'avait jamais perçus : le doux crépitement de l'herbe quand elle pousse ; le soupir des troncs d'arbres sous l'offensive répétée des insectes et des fourmis ; le pompage de son propre cœur qui répartissait la juste quantité de sang pour permettre à chaque muscle de fonctionner. Jacques se sentait intensifié dans son être, tel un arbre après la pluie. La nature verdoyait dans ses veines. L'air dilatant ses narines l'imprégnait du sentiment grisant d'être l'air lui-même. L'enfant chétif et noiraud qu'il était autrefois, l'homme poivre et sel qu'il était devenu et le vieillard blanchi qu'il serait un jour se confondaient en un seul et même être humain ; une somme indivisible faite de chair, d'os et de rêves friables.

Il comprenait que son rejet viscéral de la campagne, et de tout ce qui y était associé, n'était que le fruit de projections mentales erronées. Ce n'était pas la campagne en elle-même qui était néfaste, mais les souvenirs qu'il y avait vécus. La nature ne lui voulait aucun mal ; mieux, elle lui ouvrait la voie d'une harmonie profonde et durable. L'homme ne peut vivre en paix avec le monde *qui l'habite*, que s'il vit en paix avec le monde *qu'il habite*, comprenait Jacques. Tout était lié : l'interne et l'externe, l'organique et le minéral, le vivant et l'inanimé.

Et puis ce fut terminé.

C'était peut-être son cœur qui avait manqué un battement, ou sa langue soudain amère dans sa bouche ; mais quel qu'en soit le motif, le rayon s'était fait happer par une colonie de nuages, et le moment s'était enfui. Aussitôt, les arbres ravalèrent leurs murmures, le chant du merle, l'appel du geai et le bégaiement du pic flamboyant se mêlèrent en un seul cri uniforme, et le soleil lui-même disparut, dévoré par l'étang.

Jacques entendit les résidents affluer dans la cuisine et la salle à manger, plaisantant et bavardant gaiement. Des odeurs de viande en sauce, des rires étouffés lui parvenaient par une fenêtre laissée entrouverte.

Il se sentait incapable d'entrer et d'évoquer ce qui venait de se produire, de mettre des mots sur le sentiment de complétude si brièvement éprouvé. D'autant qu'il savait que les autres ne comprendraient pas, qu'ils chercheraient des explications rationnelles à ce miracle pur tout en buvant un verre de vin avant de s'en désintéresser peu à peu et de revenir à l'un des sujets quelconques qui occupaient leurs soirées ici. C'est pourquoi il s'obstina à rester dehors malgré le froid qui s'insinuait à travers son pull, jusqu'à ce que Holly vienne lui indiquer, lèvres pincées, que le dîner était servi.

24.

Vingt-deux heures passées, dans la bibliothèque. La musique du compositeur Angelo Badalamenti sur le tourne-disques. Jacques et Ritesh, silencieux près des braises éteintes, diluaient l'instant commun en sirotant les dernières gouttes de leur whisky.

« Ça te dit, un peu d'herbe ? »

Non seulement Jacques n'en avait jamais fumé à l'aide d'une pipe comme celle qu'allumait à présent le poète, mais il n'en avait jamais fumé hors du périmètre circonscrit de l'adolescence.

« Elle est excellente, dit Ritesh en portant l'embout à sa bouche, elle devrait te plaire. »

Le poète ressemblait à la chenille fumant le narguilé dans le dessin animé *Alice au pays des merveilles.* Il arborait le même air digne et affaissé que le lépidoptère juché sur un canapé-champignon, et Jacques crut entendre la voix de Camille réciter les vers susurrés par l'insecte embrumé :

C'est l'heure où le long crocodile
Languissamment s'étire et bâille
Et fait glisser les eaux du Nil
Sur l'armure de ses écailles
L'eau du Nil – l'eau du Nil
Il ouvre gaiement sa gueule mutine
Et sort une griffe ainsi qu'un gros chat
Avale trois poissons qui passaient par là
Et va digérer sur l'onde opaline.

L'herbe de Ritesh avait un goût amer et doux, un goût d'enfance, et Jacques téta la pipe avec avidité.

« Doucement, lui intima le poète en riant. Elle est forte. »

À treize ans, Jacques avait eu l'idée brillante de fumer de la tourbe sur le terrain vague derrière le collège. Pris de sueurs, il s'était rendu à l'infirmerie où il avait inventé une histoire d'intoxication alimentaire. Il était sur le point de raconter cette anecdote amusante à Ritesh quand il sentit les mêmes sueurs et tremblements le prendre. La bibliothèque se déroba, le sol s'ouvrit et il se trouva assis près d'un autre feu de cheminée, une tasse de lait chaud à la main.

*

Il doit avoir quatre ans. Tout est neuf encore : le monde n'a pas été usé par l'habitude.

Sa mère est dans la cuisine, où elle prépare de la teurgoule pour le marché du lendemain. Jacques peut entendre le cliquetis des ustensiles depuis le fauteuil où il est enfoncé. Il se figure la grande terrine où est opéré le divin mélange, lait entier et beurre demi-sel, riz rond et pierres de sucre, cannelle, vanille et caramel liquide.

Quand soudain, ça se met à cogner au-dessus de sa tête. Un bruit de raclement, sourd et répété, comme une toux qui s'éternise. Le raclement gagne l'intérieur de la tête du petit Jacques où se déroulent les anneaux d'un point d'interrogation, serpent douloureux empêchant l'enfant de déglutir son lait, qui caille contre sa bouche ; dans ce cognement réside la fin du monde.

*

« Jacques, est-ce que ça va ? »

Ritesh était penché sur lui, sourcils froncés. Jacques passa une main sur son visage trempé.

« Pardon, articula-t-il lentement, la voix pâteuse. Je ne me sens pas très bien. Je crois que je vais aller me coucher.

— Attends, reste un peu ! » insista Ritesh.

Mais Jacques se leva et, fuyant l'œil et la moustache déconcertés du poète, il quitta la bibliothèque en courant presque.

La fraîcheur de la nuit lui fit du bien, atténuant sa nausée ; mais son émotion, elle, ne s'amenuisait pas. En passant devant le cottage Sybil Vane, Jacques vit qu'il y avait de la lumière au troisième étage. Solen devait être au travail en dépit de l'heure tardive. Il songea à aller lui réclamer une cigarette mais l'idée de monter l'escalier le découragea. Il tituba jusqu'à son appartement où il se déshabilla avant de s'effondrer sur le lit, épuisé par la résurgence de ce souvenir oublié. Jacques s'endormit avec le goût aigre de l'herbe sur la langue.

Il dormait si profondément qu'il n'entendit pas les coups légers frappés contre sa porte.

25.

La lecture publique avait lieu à Hudson, au deuxième étage d'une librairie qui accueillait la plupart des événements culturels locaux. C'était un espace de style loft : poutres, murs en briques apparentes, grandes fenêtres claires. Au centre, une estrade avait été montée à l'intention des orateurs, faisant face à une quarantaine de chaises.

« J'adorerais vivre dans un endroit comme ça, s'écria Cheyenne, sautillante et joyeuse. Pas toi, Jacques ? »

Il se demanda quelle serait sa réaction si elle visitait son appartement à lui ; le trouverait-elle trop bourgeois, trop aseptisé ou encore trop *familial* ? C'était bien sûr une question qui resterait sans réponse, puisqu'il n'y avait aucune raison qu'elle pose un jour les yeux sur les canapés couleur crème ou les figures arachnéennes de Bernard Buffet qui tissaient leurs toiles sur les murs du salon.

Tout en bavardant avec le propriétaire des lieux, un barbu aimable, Jacques jetait des coups d'œil en direction de la porte étroite filtrant une foule toujours plus nombreuse et bruyante. À l'exception d'une brochette de vieillards du cru, installés sur les chaises du premier rang, le public se composait d'une population jeune, élégante et urbaine en provenance de New York ; le type d'audience impitoyable et branchée que Jacques redoutait.

L'ordre de passage décidé par Will était le suivant : Dave, Solen, Ritesh, Jacques, Holly et enfin, Cheyenne. Ouvrant le bal, l'Anglais se tira remarquablement bien de l'exercice. Il avait choisi de lire un monologue issu de sa pièce *Nabokov et moi,* jouée au Barbican Theatre de Londres deux ans auparavant. Le texte était drôle et bien documenté, et Dave avait visiblement l'habitude de le lire en public. Au cours des quinze minutes imparties, il fit revivre la solennité embarrassée et les excentricités de l'auteur russe avec une faconde réjouissante, allant jusqu'à s'allonger sur scène pour mimer Nabokov qui, dans sa jeunesse, aimait écrire à l'horizontale.

Solen livra ensuite une prestation que Jacques jugea médiocre. L'extrait de roman qu'elle avait choisi, relatant l'histoire d'une jeune femme qui disparaissait peu à peu, n'était pas mal écrit, mais elle le lisait d'une voix chevrotante et hachée par le stress qui escamotait la moitié des phrases. Sa silhouette gracieuse et son accent français lui valurent néanmoins une salve d'applaudissements qu'elle accueillit avec reconnaissance.

Pressé de commencer sa lecture ou d'en finir avec celle-ci, Ritesh s'élança sur l'estrade avant même que Solen ne fût retournée à sa place.

« Quelle cata, murmura celle-ci à l'intention de Jacques en se rasseyant à ses côtés. Je déteste lire en public mais, là, j'ai complètement paniqué, je ne sais pas pourquoi ! »

Touché par cet aveu, Jacques voulut lui répondre, mais Holly leur décocha un regard sévère et il reporta son attention sur Ritesh qui déclamait déjà un poème, intitulé *Blue Moon*.

The moon
Is white
And my pain
Is blue
And all the lovers sleep
In their hardhearted cages
Unable to feel
The whiteness of the moon
And the ache
Unstainable and vain
Of the color blue.

La voix forte et la diction claire de Ritesh impressionnèrent Jacques tandis que le public, peu sensible à la poésie, commençait à manifester son impatience dès la fin de la première strophe. Son poème terminé, Ritesh proposa aux spectateurs de le rejoindre sur l'estrade pour y réciter une de leurs propres compositions ; une invitation qui tourna court puisque personne ne se leva.

Certain que sa prestation ne pourrait pas être plus embarrassante que celle de son camarade, Jacques grimpa sur l'estrade avec confiance. Il avait sélectionné un chapitre *Under their Stell*, traduction anglaise de son premier roman *Rarement soi*. Un texte qu'il ne s'était pas donné la peine de reparcourir en prévision de la lecture, jugeant l'ouvrage assez daté pour qu'il puisse en restituer un extrait de manière détachée, comme s'il en était l'interprète et non l'auteur.

Pourtant, dès les premières phrases, les vaisseaux sanguins de ses joues, de son nez et de son front se dilatèrent. Ce fragment de texte oublié le bouleversait moins par sa qualité littéraire toute relative que par l'époque dont il se faisait l'écho. Écrire ce livre l'avait désentravé, désenclavé même, le hissant hors de sa mère et de sa campagne normande.

Bien qu'il y habitât depuis presque un an, Jacques s'était senti chez lui à Paris du jour où il s'était attelé à son projet de roman. La période de gestation de ce texte avait constitué une trêve inespérée dans la bataille continue qu'il livrait au désespoir. La charge historique un peu étouffante du cinquième arrondissement, l'arrogance de ses camarades de la Sorbonne qui parlaient de Derrida et de Deleuze comme s'ils les connaissaient personnellement, la culpabilité lancinante d'avoir laissé sa mère derrière lui : tout cela s'estompa.

Pendant des mois, il traversa les rues, les salles de cours et les fêtes estudiantines dans une sorte d'allégresse nébuleuse, ne songeant à rien d'autre qu'à ce texte à venir. Il avait jeté son dévolu sur L'Écritoire, le café bien nommé de la place de la Sorbonne où se réfugiaient les étudiants à la fin des cours pour boire une bière ou un chocolat. Là, mû par une joie implacable, Jacques gribouillait, penché sur la table du fond où un serveur à peine plus âgé que lui venait l'abreuver en café noir et commentaires affectueux :

« Alors, ça avance, l'écrivain ? »

Cette complicité de circonstance réconfortait Jacques. Le serveur était l'unique dépositaire de son secret, puisqu'il n'avait révélé à aucun de ses camarades son ambition de transformer la nouvelle qu'il avait écrite en roman abouti. À eux, il racontait qu'il bûchait ses cours, et même si personne ne croyait vraiment à ce brusque excès de zèle, on le laissait tranquille.

Jacques retourna à sa place, incapable de dire s'il avait ou non correctement lu son texte, s'il avait ou non été applaudi. En publiant *Rarement soi,* il avait cru échapper à l'orbite maternelle, et commencer une existence qui n'appartiendrait qu'à lui. À Paris, personne n'avait eu vent de son passé. Le nom de Cascade ne convoquait pas immédiatement la désertion d'un père, le désespoir d'une mère, le libertinage d'une sœur *à la cuisse légère,* selon l'expression consacrée par les commères de Cestin.

Mais dès son deuxième roman, paru six mois après la mort de sa mère, Jacques avait dû se rendre à l'évidence : ses livres, tous ses livres, seraient ceux de sa mère avant d'être les siens. Celle-ci constituait la principale matière de ses romans, davantage que le papier et les solvants pourtant indispensables à leur fabrication. Bien qu'il se persuade à chaque nouveau manuscrit d'avoir enfin réussi à quitter le territoire accidenté de l'enfance, sa mère reparaissait toujours sous diverses formes, se camouflant sous des habits trop larges, empruntant des coiffures démodées ou des maquillages trompeurs. Mais c'était toujours elle, la créatrice par excellence, qui crachait de l'encre entre ses lignes maladroites.

Holly délivra une performance honorable et vaguement ennuyeuse. Le terme *écoféminisme* revint à de multiples reprises, suscitant chaque fois des murmures approbateurs dans la salle. Puis Cheyenne fut appelée sur l'estrade, et Jacques sentit sa gorge rétrécir. Il craignait que la jeune femme ne rougisse, qu'elle ne trébuche et s'effondre sous les rires tranchants des New-Yorkais.

Cheyenne attendit que le silence se fasse avant d'entamer sa lecture. Sa voix ne trembla pas, sa peau ne rougit pas, et elle resta arrimée au sol comme un vaillant petit soldat. Issu de son *memoir* en cours d'écriture, le chapitre qu'elle avait choisi de lire était consacré aux maltraitances que lui avait fait subir son frère Gaîdzag lorsqu'elle était enfant. Dès les premières phrases, Jacques se rappela les traces sombres striant les avant-bras et le ventre de la jeune femme qu'il avait remarquées dès leur première nuit ensemble sans pour autant s'attarder sur leur signification.

La violence de la scène que Cheyenne créait sous les yeux du public, dans une parfaite économie de mots, fit taire jusqu'aux légers ronflements émanant des ancêtres assis au premier rang. Une même expression de gravité, empreinte de sollicitude, affleura sur les visages de l'audience. Cheyenne était seule à sourire, se remémorant son frère avec une tendresse mélancolique : l'attachement propre aux familles dysfonctionnelles qui ne savent vivre ni ensemble ni séparées.

Lorsque la jeune femme eut terminé sa lecture, les mots qu'elle avait prononcés flottèrent encore quelques instants dans l'air avant que des applaudissements appuyés ne les dispersent. Alors seulement, Cheyenne rougit, chancela, et son regard trouble chuta dans celui de Jacques.

Les invités fondirent sur le buffet qu'ils commencèrent à ruiner de façon méthodique sous le regard désabusé de l'aimable gérant barbu. Jacques s'empara in extremis d'un petit four à la couleur verte et au goût de poisson avant de se faire alpaguer par un monstre bicéphale.

« Bonjour, *Jack*, on peut vous parler ? On a adoré, mais alors A-D-O-R-É votre texte ! »

Les deux jeunes branchés arboraient la même coupe au bol, les mêmes lunettes démesurées et les mêmes habits informes. Jacques aurait été bien en peine de déterminer le sexe de ces interlocuteurs, pour peu qu'ils en aient un dissimulé sous leurs pantalons amples. À l'arrière-plan, il vit Cheyenne disparaître sur le balcon en compagnie de Dave, mais il n'eut pas le temps de s'appesantir sur la portée de ce micro-événement. Quatre yeux écarquillés le fixaient avec l'intention manifeste de le dépecer et de le manger entre deux tranches de pain brioché s'il ne se soumettait pas séance tenante à leur interrogatoire. Lorsque Jacques gagna enfin le balcon, essoré par une avalanche de questions sans lien tangible avec le texte qu'il avait lu, seules les mules à talon de Cheyenne s'y trouvaient encore. Il récita une petite prière silencieuse avant de se pencher au-dessus de la rambarde ; mais le béton était vierge de toute trace de sang américano-iranien.

« Je n'ai pas encore sauté », lança une voix un peu moqueuse derrière lui.

Agitant ses pieds nus aux ongles peints en bleu foncé, Cheyenne était assise contre le mur. Il se laissa choir à côté d'elle, honteux et soulagé.

« Tu veux du vin ? »

Elle lui tendait une bouteille de vin blanc subtilisée au buffet.

« Bravo pour ta lecture, commença-t-il, maladroit, après avoir bu quelques gorgées. C'était un chapitre magnifique. »

Il chercha quelque chose à ajouter, mais ne trouva rien. Que dire à une jeune femme battue par son frère, de cinq à onze ans, à coups de fils électriques et de barres de fer ?

« Je l'ai écrit hier, dit-elle. Je n'avais pas du tout prévu de parler de Gaîdzag. En tout cas, pas de cette manière. Elle laissa passer quelques secondes avant d'ajouter : Dave a tenu à me mettre en garde.

— À quel sujet ?

— À *ton* sujet. Il m'a dit que tu étais un gros dragueur, et que je devrais me méfier.

— Quel connard ! Tu lui as répondu quoi ?

— Qu'il n'avait pas à s'inquiéter, puisqu'on avait déjà baisé.

— Tu ne lui as pas vraiment dit ça, si ? »

Elle rit.

« Mais non. Je ne suis pas cruelle à ce point. »

Cette nuit-là, Jacques fit l'amour à Cheyenne pour ce qui semblait être la première fois. À présent qu'il connaissait son histoire, le corps frais et élastique de la jeune femme avait cédé la place à une terre abîmée, où il posait les lèvres avec une délicatesse retenue. Il attarda sa bouche sur une trace de brûlure tatouant l'épaule gauche de Cheyenne, héritage d'un fer à repasser qui, loin de lisser la peau, l'avait laissée boursouflée et fripée comme un fruit abandonné en plein soleil.

Cheyenne le regardait faire, le visage fermé, parce que cette tendresse nouvelle dérogeait à leur accord, qu'elle venait rouvrir des portes scellées à la colle de l'oubli. Les caresses de Jacques la rappelaient à la détresse et à la honte, elle qui n'avait retenu des violences fraternelles qu'une jouissance perverse à recevoir les coups ; l'ivresse inavouable procurant la souffrance qui, lorsqu'elle est anticipée, devient presque consentie, dans cette curieuse mécanique qui superpose les émotions des victimes à celles de leurs bourreaux.

Cette nuit-là, Jacques fit l'amour à Cheyenne de la manière la plus douce, lente et érotique qui soit. Chaque fois qu'il s'enfonçait en elle, il lui relevait le menton et plongeait les yeux au plus profond des siens, comme pour lui dire, à présent que leurs visages se touchaient presque, que l'attraction qu'ils ressentaient l'un pour l'autre n'était pas le fruit du hasard. Même déguisés en adulte, les enfants meurtris se reconnaissent entre eux à la mélodie qui les accompagne, triste, lancinante et composée d'une seule note ; le son que produit un jouet lorsqu'il se casse.

26.

Le lendemain de la lecture, Solen se leva sans autre ambition que celle d'écrire, comme n'importe quel jour de la semaine.

Elle enfila une paire de chaussures, passa un manteau sur son pyjama et sortit dans le jardin humide de rosée. Une fine brume montait du sol, comme la fumerole d'un volcan souterrain. À cette heure-là, M. Bob devait ramper à la recherche de quelque verdure à se mettre sous la dent. M. Bob, c'est ainsi qu'elle avait baptisé la tortue qu'elle avait trouvée, bien qu'Irvin lui ait soutenu qu'il s'agissait d'une femelle.

Solen trouva rapidement la tortue, en planque sous un petit arbuste, et s'assit à côté d'elle. Elles avaient toutes les deux beaucoup en commun, songea-t-elle en caressant son cou écailleux de vieille dame ridée. Comme elle, Solen était préhistorique et ne savait pas nager. Nicolas lui disait toujours qu'elle serait capable de se noyer dans son propre bain.

Quand elle avait perdu l'enfant qu'elle portait, pour la troisième fois consécutive, Solen avait eu la tentation d'en finir. De se noyer dans son propre bain, comme le suggérait Nicolas, ou de s'enfermer dans le frigo et de s'y endormir. Alors que son mari continuait inlassablement à partir au travail, à rentrer, à préparer à dîner, à prévoir des sorties, des week-ends, comme si rien n'avait changé, elle ne parvenait plus à accomplir les gestes du quotidien. Comment l'aurait-elle pu ? Elle avait vécu avec cet enfant dans son ventre durant quatre mois, quatre mois pendant lesquels elle avait arrêté d'écrire, de bouger, de respirer tant elle craignait qu'il ne se détache. C'était le premier qui s'accrochait autant.

Sa grossesse s'était une fois de plus arrêtée sans raison apparente. Une douleur intolérable dans le fond de l'estomac, une giclée de sang et un fœtus de la taille d'une petite mangue plongeant tête la première dans les toilettes ; c'était tout. La seule chose qu'elle avait pu faire pour mettre un terme à cette grotesque chaîne d'événements avait été de tirer la chasse d'eau.

Parce qu'elle s'était évanouie, et blessée au front en tombant après avoir accompli sa sordide besogne, les médecins avaient décidé de la garder sous surveillance une semaine durant. Nicolas ne décolérait pas. Sa femme serait mieux chez eux plutôt qu'à occuper inutilement un lit d'hôpital ; mais les blouses blanches s'étaient montrées inflexibles. Solen prétendait être contrariée elle aussi ; en réalité l'idée de prolonger son séjour à l'hôpital la soulageait. Elle n'avait pas le courage de reprendre sa vie là où elle l'avait laissée, et les babillages inoffensifs des infirmières remplissaient le vide qui grandissait en elle.

La psychologue de l'hôpital avait insisté pour que Solen vienne la voir. Avec ses bijoux clinquants et sa masse de cheveux bouclés, elle ressemblait à Meryl Streep dans le film où elle joue justement une psy. Si Solen avait docilement répondu à ses questions, elle avait pris soin en revanche de ne pas évoquer Thomas, l'éternel absent du roman familial. Bien que son frère soit mort des années avant sa propre naissance, il avait pesé sur elle de tout le poids de son enfance trop vite achevée. L'anomalie cardiaque de Thomas avait conditionné l'arythmie des Garnier : les parents de Solen avaient toujours fonctionné à contretemps, leurs geste ralentis, leur tendresse gelée. Avec des sourires et des attentions de pantins mécaniques, ils emmenaient leur fille à l'école, lui préparaient à dîner, lui faisaient réciter ses leçons, lui achetaient des livres, des vêtements, des cadeaux d'anniversaire ; tout ce dont a besoin un enfant pour pousser vite et droit. Mais jamais de baisers, d'histoires, de rires improvisés au bord du sommeil. Solen n'avait manqué de rien, sauf peut-être de l'essentiel.

Elle ne voulait pas entendre Meryl Streep lui expliquer que ses fausses couches n'étaient pas d'ordre biologique ; qu'on pouvait y lire une forme de fidélité à la mémoire de Thomas, puisque chaque nouvelle perte réactivait la disparition originelle à l'origine de l'éclatement familial. Lorsque la psy lui avait demandé, au moment de conclure leur entretien, pourquoi sa peine était innommable, Solen avait répondu : « Parce que le petit garçon que je portais est mort sans avoir de prénom. » Meryl Streep avait semblé satisfaite de cette réponse ; elles en étaient restées là.

D'une certaine manière, pensa Solen en lissant les écailles de M. Bob, la résidence Oscar Wilde lui rappelait l'hôpital. On s'occupait d'elle, on la nourrissait, on s'assurait qu'elle ne manque de rien. Irvin, surtout, veillait sur elle avec des tendresses inquiètes de mère poule.

Il lui avait conseillé, pour ses insomnies, d'éviter l'alcool, la cigarette, le café et la nourriture grasse. D'ordinaire, Solen buvait peu et mangeait sain, mais la clope et le café étaient deux entités intouchables, les jalons inamovibles de sa journée. Y renoncer, surtout en période d'écriture, avait un avant-goût de suicide. Elle avait cependant décidé de troquer sa tasse de café d'après repas contre la décoction d'Irvin qui, en dépit de son aspect rebutant de fumier liquide, avait un goût agréable de fougère et de menthe.

Irvin lui avait également prêté des cassettes de méditation qu'il avait enregistrées, ainsi que le Walkman qui allait avec. Cela avait fait rire Solen qu'il utilise un tel appareil. Elle écoutait les enregistrements au moment de se coucher. Elle aimait le son des vagues mêlé à la voix d'Irvin, qui exerçait sur elle un effet hypnotique. Elle rembobinait ses passages favoris et mettait la cassette sur pause lorsque ses paupières se faisaient lourdes.

« Salut Solen ! Bien dormi ? »

Elle releva la tête. En tenue de jogging, Dave était en train de s'étirer, les mains appuyées contre le tronc d'un orme.

« Je croyais que tu courais le soir, observa-t-elle.

— Ça dépend de l'humeur, répondit Dave, jambe repliée contre la fesse.

— Comment c'était ?

— Absolument délicieux. »

S'il lui avait répondu par un simple « bien », « agréable », ou même « super », Solen n'y aurait sans doute plus repensé ; mais ce « délicieux » la poursuivit toute la matinée. Parce qu'il lui ouvrait un monde de sensations oubliées, ce « délicieux » la grignota, petit à petit, amollissant ses réticences. Et c'était ce « délicieux » qui la poussait à présent à sortir ses tennis de l'armoire et à les lacer hâtivement, pour ne pas se donner le temps de changer d'avis.

Elle claqua la porte de son appartement, se jeta dans l'escalier et, à peine le seuil du cottage franchi, se mit à courir.

Tandis que ses pieds comprimés par les tennis étroites s'appropriaient le sol par foulées progressives et croissantes, ce n'était pas aux embryons qu'elle pensait, ni à son utérus trop lisse sur lequel glissaient, impuissants, les fœtus escaladeurs, mais au seul contact brûlant de l'air qui lui emplissait la gorge d'une ivresse trop longtemps refusée. Solen absorbait le relief accidenté de la colline comme s'il sourdait de son propre squelette. Le chemin se dilatait, s'accordant à la mesure de ses larges enjambées. Chaque caillou résonnait, vibrant de sa voûte plantaire à l'extrême pointe de son crâne.

À l'embranchement des routes, ses pieds s'engagèrent sur le chemin balisé par les deux grosses vaches sentinelles qui la saluèrent d'un hochement de tête. À sa droite, de rares propriétés égrenaient leurs hauts portails ; à sa gauche, un mince courant d'eau, trop fin pour être qualifié de rivière, rafraîchissait les arbres. Très vite, ses orteils recroquevillés lui firent mal et commencèrent à saigner. Mais cette douleur polarisante ajoutait un supplément d'âme à sa course. C'était le prix à payer pour réintégrer le royaume oblitéré des perceptions sensorielles.

Une heure et demie plus tard, assise au bord de son lit, le corps cassé par l'effort, Solen retira ses chaussures. En faisant coulisser sa chaussette, elle poussa un cri : elle avait arraché la peau en même temps que le tissu. Avec une grimace, elle passa un doigt sur l'ampoule éclatée, exposant le rose sombre de la chair à vif, luisant comme une promesse toute neuve.

III

27.

Ce samedi matin, un parfum inhabituel de vacances flottait sur la résidence Oscar Wilde. Chacun avait revêtu ses plus beaux habits : Dave portait une chemise à motifs ananas et une casquette militaire, Holly avait opté pour une sorte de tunique vert bouteille aussi ample qu'une tente, et Cheyenne avait troqué son sweat à capuche informe pour une robe légère.

Will avait organisé une visite à la Fondation Dia Art de la ville de Beacon, célèbre pour sa collection d'art contemporain, ainsi qu'une activité « surprise » qui se déroulerait à la résidence l'après-midi. Des vacances non seulement méritées, mais obligatoires : cette journée faisait partie intégrante du programme de résidence, comme l'avait souligné le directeur à plusieurs reprises.

« Je ne comprends pas qu'on m'impose de prendre des congés alors que je suis venue ici pour travailler ! » rouspéta Holly tandis que Will garait un mini-van devant le porche du bâtiment principal.

Dave s'installa d'emblée à l'avant, ce qui suscita une nouvelle réflexion acerbe de la part de Holly, reléguée au deuxième rang avec Ritesh et Solen. Jacques, lui, ne voyait pas d'inconvénient à être assis à l'arrière du véhicule aux côtés de Cheyenne. La sensation de sa cuisse plaquée contre la sienne suffisait à lui provoquer un début d'érection.

« J'espère que vous n'avez rien contre le rock ! » claironna Dave en enclenchant un disque dans le lecteur après que Will eut démarré. Jacques et Cheyenne échangèrent un sourire entendu, s'attendant au pire. Batterie, basse et guitare, la voix fantomatique et dépouillée de Ian Curtis s'éleva dans l'habitacle et Jacques se surprit à fredonner les paroles de « Disorder », étonné qu'elles aient patienté trente ans dans sa mémoire avant de refleurir, timides mais intactes, remuant la terre meuble de son adolescence.

I've been waiting for a guide to come
And take me by the hand
Could these sensations make me feel the pleasures
[of a normal man ?
These sensations barely interest me for another day,
I've got the spirit, lose the feeling, take the shock away.

Dave chantonnait lui aussi, et il y eut un instant où un courant chaud reflua entre Jacques et lui, la possibilité d'une trêve qui s'estompa aussi vite qu'elle s'était ébauchée.

Ils roulèrent près d'une heure au son des Clash, des Velvet Underground, de Johnny Cash et de Bob Dylan, chantant tous avec une fausseté réjouissante avant de dépasser un panneau indiquant la ville de Beacon.

Will gara le van devant un bâtiment en briques rouges : il leur expliqua qu'il s'agissait d'une ancienne imprimerie de boîtes de biscuits, cédée en 1999 à la Fondation Dia Art. Leurs billets achetés, les auteurs pénétrèrent dans la première salle de la taille d'un hall de gare où avaient été dispersés d'immenses cubes en plexiglass. Chaque visiteur était invité à déambuler parmi ces derniers et à *créer* la sculpture à mesure qu'il avançait.

« Ce qui fait tout le sel de l'art contemporain, ce n'est pas la manière dont l'on regarde les œuvres mais la manière dont on les vit, dont on les intègre à notre expérience sensorielle », affirma Will avec ferveur avant de s'engager dans l'une des allées, Dave et Holly sur ses talons.

Dans la seconde salle étaient exposées les installations lumineuses de Dan Flavin, soit de longs tubes fluorescents quadrillant les murs. Jacques entama la lecture d'un panneau consacré au mouvement américain « Light and Space ». Mais il peinait à se concentrer sur les mots, ébloui par les multiples sources de lumière. Il vagabonda ensuite entre les œuvres minimalistes, glanant çà et là des noms qui ne lui évoquaient pas grand-chose, Walter De Maria, Donald Judd, On Kawara, et il songeait tristement qu'il était trop vieux pour se refaire une culture, qu'on ne peut pas se passionner pour l'art contemporain quand on n'a pas mis les pieds dans un musée avant l'âge de dix-huit ans.

« On sort un peu ? proposa tout à coup la voix de Cheyenne au creux de son oreille. Je m'emmerde. »

Ils rebroussèrent chemin, les yeux rivés à la signalétique indiquant discrètement la sortie. Une fois à l'air libre, ils ricanèrent comme deux garnements ravis du mauvais tour qu'ils venaient de jouer. Mais leur cavale bonnie-and-clydesque s'arrêtait là ; la Fondation était située au milieu de nulle part, et Will avait gardé les clés du van. Marins sans navire, ils échouèrent piteusement à la cafétéria jouxtant le parking.

Alors qu'il dégustait un mauvais café face à l'océan d'asphalte où tanguaient les voitures, Jacques se souvint d'un autre moment de rébellion muséale. La scène remontait au mois de décembre 2003. Alicia et lui, qui se fréquentaient depuis seulement quelques mois, visitaient l'exposition Pierre Soulages à la galerie Tretiakov de Moscou. Exposition à laquelle Jacques avait proposé de se rendre, croyant faire plaisir à Alicia ; et à laquelle celle-ci avait accepté d'aller, croyant faire plaisir à Jacques.

« Tu vas sans doute me prendre pour une idiote, mais est-ce que tu arrives à faire la différence entre les nuances de noir ? lui avait demandé Alicia tandis que Jacques cherchait quelque chose d'intelligent à dire, déboussolé par les peintures qui se ressemblaient toutes.

— Pas du tout, c'est le noir complet ! avait-il hurlé, s'attirant l'opprobre des autres visiteurs qui le dévisagèrent avec consternation.

— Il faut respecter l'artiste », leur intima une babouchka au visage plissé de vieux bouledogue.

Prononcée dans un anglais très approximatif, cette phrase provoqua l'hilarité d'Alicia, puis, par ricochet, celle de Jacques. Hilarité atteignant de telles proportions que l'agent de sécurité vint leur demander de quitter les lieux. Aujourd'hui, Jacques se rappelait ce moment comme celui où il était tombé amoureux d'Alicia.

« Vous vous fichez de moi ? »

Will avait le bas du visage contracté, une moue de colère enlaidissait la régularité de ses traits.

« Ça fait une demi-heure que je vous cherche partout ! Vous ne pouviez pas me dire que vous étiez sortis ? »

Ni Jacques ni Cheyenne ne répondirent. C'était la première fois que Jacques voyait le directeur si contrarié, et il en conçut une petite joie mesquine. Enfin, la façade du gendre idéal se craquelait.

« Vous savez que la visite de la Fondation Dia fait partie du programme de résidence parce qu'il s'agit d'un de nos partenaires. J'ai eu l'air malin quand la directrice du musée en personne est venue nous saluer, et que deux de mes auteurs avaient disparu...

— On est désolé mais il n'y a pas mort d'homme, rétorqua Cheyenne. Et puis on ne va pas vous demander l'autorisation chaque fois qu'on doit aller pisser, si ?

— Vous êtes vraiment une population ingrate, vous les auteurs », grommela Will avant de se diriger à grandes enjambées vers le parking, suivi par le reste du groupe penaud.

Le directeur gara le véhicule devant un *diner* situé à proximité du musée.

« Je vous retrouve pour le dessert, j'ai une course à faire », lança-t-il sèchement avant de redémarrer.

Sitôt le seuil du restaurant franchi, Jacques se sentit agressé par les couleurs criardes, les néons trop blancs et le rap craché par les enceintes. Dans la vraie vie, celle où il prenait des décisions pour lui-même, il aurait fui ce type de restaurants en carton-pâte où tout semblait faux, de la nourriture en plastique aux clients XXL.

Jacques n'était plus certain de savoir accomplir une action aussi élémentaire que celle de commander un hamburger et un café *free refill.* Heureusement, la jeune serveuse qui les prit en charge, une rousse aux yeux verts du nom de Maureen, s'occupa de tout. Elle les installa dans le box du fond et leur conseilla le *double cheese with chili fries,* amené quelques minutes seulement après la commande ; soit un monticule de frites recouvertes de fromage fondu, accompagné de deux tranches de pain doré compressant juste ce qu'il fallait de steak, d'oignon, de cornichon, de rondelles de tomate, de feuilles de salade, et, là encore, de fromage fondu. Cela faisait longtemps que Jacques n'avait pas mangé quelque chose de si régressivement bon, son bonheur encore amplifié par le jus de café noir dont Maureen ne cessait de venir l'abreuver.

« On joue à action ou vérité ? » proposa Cheyenne tandis qu'ils avalaient de gigantesques *sundae,* offerts avec leur déjeuner.

Contrairement à sa promesse, Will n'était toujours pas revenu.

« On n'a pas dix ans, protesta Dave, mais la jeune femme lui jeta un regard noir, et il leva les bras en signe de capitulation.

— Je pose la première question à Jacques, déclara Holly d'un ton qui n'admettait aucune réfutation. Action ou vérité ? »

Jacques n'hésita pas. S'il détestait parler de sa vie privée, il détestait plus encore se livrer à des pitreries.

« Vérité, marmonna-t-il.

— Oh non, c'est pas drôle ! s'écria Solen. Tu ne préfères pas faire action ?

— De quoi as-tu le plus peur au monde ? » demanda Holly, ignorant l'intervention de Solen.

Jacques aurait pu répondre « la maladie », « l'avion » ou « les araignées ». Des peurs fédératrices qui ne disaient rien de lui, qui dénotaient l'humain mais non le singulier, le protégeant douillettement de leur épaisseur collective. Mais il n'y pensa pas sur le moment. La seule réponse qui lui vint, dans un gargouillis étranglé, fut la suivante :

« Du passé. »

Cheyenne lui adressa un regard si doux qu'il en fut bouleversé.

28.

Le trajet de retour à la résidence fut silencieux. Will, qui n'avait reparu qu'au moment de l'addition, conduisait sans desserrer les mâchoires. Jacques profita de cet intermède pour somnoler. Il sentait le poids intermittent de la tête de Cheyenne qui roulait sur son épaule, au gré des légères secousses. Rouvrant les yeux, il s'aperçut que les passagers dormaient tous à l'exception de Solen, pensivement tournée vers la vitre.

« Allez enfiler des vêtements confortables et une paire de baskets ou de tennis. On se retrouve dans quinze minutes », ordonna Will dès qu'il eut garé le van. Jacques se souvint alors, avec une pointe de déception, qu'il leur restait encore une activité avant de pouvoir retrouver la pénombre fraîche de leurs appartements.

Quinze minutes plus tard, les auteurs s'étaient amassés sur la véranda, aussi anxieux que peuvent l'être des intellectuels contraints à de l'exercice physique. Seule Solen, ses cuisses fuselées dans un short en coton, paraissait prête à en découdre.

Will leur faisait face, flanqué d'une jeune femme brune et très athlétique, vêtue d'un T-shirt taille douze ans dévoilant un ventre si plat qu'il paraissait repassé au fer.

« Merci d'être tous là, commença Will.

— Comme si on avait le choix, lança Holly, mais Will ne releva pas.

— Je vous présente Emma, qui va vous expliquer ce qu'elle attend de vous.

— Nous allons travailler sur nos corps et sur nos esprits sans quitter la résidence, déclara Emma, avec un enthousiasme que Jacques trouva suspect. Ce sera une expérience aussi relaxante que régénérante, très utile pour vous qui faites fonctionner vos neurones à plein régime toute la semaine !

— Qu'est-ce que c'est que ce truc de hippies ? » grommela Dave à voix haute.

Solen réprima un fou rire et Jacques, amusé lui aussi, jeta un coup d'œil à Cheyenne, espérant qu'elle ne faisait pas partie de ceux qu'une gourou New Age avait le pouvoir d'influencer. Mais la jeune femme fixait Emma avec la plus grande attention.

La jeune coach leur apprit qu'ils allaient pratiquer « différents exercices créatifs de relaxation et de connaissance de soi ». Chaque participant se verrait attribuer un partenaire, qu'il garderait pour les trois heures suivantes (en apprenant que l'activité allait durer trois heures, un mouvement d'impatience et de désespoir parcourut la majorité des participants). Jacques chercha Will des yeux et constata que celui-ci avait disparu. Sans surprise, le premier à leur dispenser des leçons de morale était également le premier à se défiler.

Avec l'aplomb paisible d'un dictateur nord-coréen, Emma décida des duos suivants : Cheyenne travaillerait avec Ritesh, Dave avec Solen et Jacques avec Holly. Tandis qu'ils déroulaient les tapis de mousse mis à leur disposition, veillant à ne pas s'installer trop près les uns des autres, Emma leur dispensa les premières instructions :

« Vous allez d'abord essayer de créer un lien interpersonnel avec votre binôme. Il s'agit d'une première étape visant à vous faire passer de l'individuel au *transpersonnel.* J'entends le terme *transpersonnel* au sens où le concevait Carl Jung : c'est-à-dire comme ce qui existe au-delà de l'ego. »

Jacques ne s'attendait pas à ce que la jeune femme cite Jung, et cela lui plut qu'elle lui donne sans le savoir une petite leçon d'humilité.

« Vous devez fixer votre partenaire dans les yeux pendant sept minutes, sans prononcer un mot, leur expliqua Emma. Attention à ne jamais baisser le regard, auquel cas je vous ferai recommencer l'exercice depuis le début. »

La première minute parut durer une heure. Jacques n'avait pas l'habitude de dévisager son prochain, surtout quand celui-ci prenait les traits d'une femme disgracieuse, habillée de Lycra violet. Mais il n'avait pas non plus l'habitude qu'on le regarde sans ciller, et l'œil fixe de Holly, qui ne souriait pas, lui faisait prendre conscience de ses rides, de ses cheveux grisonnants, de son nez trop fort, tel un miroir peu fréquentable. Il aurait voulu se cacher la figure, n'offrir aucune prise à Holly et dérober ainsi les lignes et fractures de son visage à toute tentative d'interprétation.

La troisième minute, d'infimes détails sautèrent aux yeux de Jacques : la nuance dorée irriguant les yeux bruns d'Holly, la ride qu'elle avait à la commissure gauche, plus prononcée qu'à droite, ou encore les poils très fins qui lui couraient sur le menton.

La cinquième minute, tandis que Jacques s'égarait dans la contemplation du visage de Holly, quelque chose en lui se relâcha et sa perception s'altéra. Il se demanda pourquoi il considérait la disgrâce physique de Holly comme un fait indiscutable. Le nez de l'Américaine était sans doute le principal responsable de ce jugement péremptoire : l'arête était trop plate, les bords trop affaissés pour que Jacques ait songé à s'arrêter sur l'ossature délicate de la mâchoire, ou la bouche charnue et bien dessinée.

Il avait donc injustement extrapolé la laideur de ce nez à l'ensemble du visage de Holly ; pire, il avait d'emblée associé à ce physique peu harmonieux, un caractère au diapason, présumant même que l'aigreur de l'Américaine était le fruit de son physique raté. Un peu comme il aurait accusé une femme trop véhémente d'être mal baisée – ce dont il ne se privait pas. Jacques assistait, fasciné, au délitement d'associations mentales si ancrées qu'il les avait toujours considérées comme des vérités absolues. Il entendait Alicia lui prôner le droit des femmes à ne pas s'épiler, et il comprenait soudain en quoi le poil incarnait effectivement une arme idéologique, bien moins dérisoire qu'il ne l'avait pressenti. Il revoyait Solen lui évoquer cette série télé si indispensable à l'éducation des petites filles, et se disait que, peut-être, il serait bon de la faire un jour voir à Camille.

Emma frappa dans ses mains pour signaler la fin du premier exercice. Jacques cligna des yeux et perdit instantanément toute sa clairvoyance : chutant de son piédestal, Holly, sublime capitaine des opprimées, redevint une simple mortelle faite de chairs flasques et de Lycra violet.

« À présent, j'aimerais que nous fassions un autre exercice, reprit Emma. Il s'agit d'une initiation à la respiration holotropique, une méthode d'exploration intérieure créée par Stanislav Grof. Vous allez tour à tour pratiquer cet exercice, puis accompagner votre binôme pour qu'il puisse pratiquer à son tour. Au cours de cette initiation, certains vont se sentir apaisés, en harmonie avec le monde. D'autres auront peut-être l'occasion d'accéder à certaines vérités intérieures, ou expériences inattendues. Quoi qu'il en soit, laissez- vous guider par votre psyché, qui sait ce qui vous convient le mieux. »

Dave soupira très fort, mais il ne recueillit cette fois aucun signe de connivence de la part du groupe. Emma l'ayant désigné comme étant le premier de son binôme à devoir accomplir l'exercice, Jacques se coucha sur son tapis et ferma les yeux, tandis qu'une musique douce l'engourdissait lentement.

Trois heures plus tard, il buvait un thé sur un banc du jardin en compagnie de Ritesh. Son corps vibrait encore des musiques ethniques et des chants sacrés qui s'étaient succédé tout au long des exercices de respiration, et qui l'avaient envahi d'une fatigue bienheureuse, comme seul en procure un effort physique soutenu. Rien de comparable en revanche à l'extase de Cheyenne, qui affirmait avoir eu la sensation de survoler la résidence et les environs comme si elle était un oiseau ; ni à la transe décrite par Solen, bouleversée, qui assurait avoir revécu sa propre naissance.

Les deux jeunes femmes avaient regagné leurs appartements respectifs pour se remettre de leurs émotions, tandis que Dave et Holly, peu convaincus par l'expérience, étaient retournés travailler.

« Je n'ai aucune envie de partir, observa Jacques en contemplant la vie calme qui s'étendait sous ses pieds.

— Il reste encore quinze jours, tempéra Ritesh.

Son visage brillait d'un éclat neuf, comme si les exercices de respiration lui avaient oxygéné la peau.

— Ça va passer très vite. Et puis la seule bonne raison que j'ai de rentrer, c'est ma fille.

— C'est déjà pas mal, non ? »

Jacques attendit que Ritesh développe ; mais celui-ci se contenta de boire une gorgée de thé. Finalement, songea Jacques, cela n'avait aucune importance que Ritesh parle ou non, puisque c'était dans le silence qu'il appréciait le plus son étrange compagnon, dans le silence qu'il se sentait le plus proche de lui.

Sans aucun signe avant-coureur, la pluie commença à tomber. Mais ni Jacques ni Ritesh n'esquissèrent le moindre mouvement pour se mettre à l'abri. Jacques ferma les yeux. Il éprouvait dans ses os la fatigue résignée des grands chênes. Il entendait leurs feuilles gémir sous la pluie : les rondes et vertes, gorgées de chlorophylle ; les jaunissantes, zébrées de taches marron ; et les brunes craquantes, appelées à rejoindre l'humus qui les avait engendrées.

La pluie cessa aussi vite qu'elle avait commencé. L'intensité trempée de l'air transperçait la peau de Jacques. Il avait froid mais il était heureux d'être resté stoïque sous l'averse. Une cloche sonna au loin : le dîner était prêt. Les deux hommes se levèrent et s'acheminèrent sans se presser vers le cottage Dorian Gray.

29.

Ne restaient plus que dix jours à passer à White Falls et, déjà, Jacques ressentait une urgence molle à profiter, à créer du souvenir. Il prolongeait ses petits déjeuners jusqu'en milieu de matinée, participant au premier et au deuxième service, avant de lire sous la véranda où le rejoignait Irvin. Depuis son initiation réussie à la respiration holotropique, il s'essayait à la méditation, guidé par les instructions précises de l'homme à tout faire. Ses pensées affluaient par vagues sans qu'il cherche ni à les retenir ni à les diriger. Il parcourait les pièces traversantes de son esprit avec fluidité, glissant d'une idée à l'autre comme sur un parquet bien ciré.

L'après-midi, après avoir déjeuné et fait une courte sieste, il retrouvait Cheyenne. Bien qu'ils aient décidé d'allonger la durée allouée à leur promenade quotidienne, ils rentraient toujours sur les coups de dix-sept heures, à la demande de la jeune femme qui souhaitait travailler encore un peu avant le dîner. Jacques retournait quant à lui à ses lectures sans même essayer de passer par la case écriture. Il savait que rien ne viendrait plus compenser toutes ces semaines d'oisiveté et qu'il était trop tard pour espérer rentrer chez lui avec un embryon de manuscrit.

Désormais, la raison d'être de son séjour à la résidence se trouvait tout entière contenue dans ces longues journées de lectures paresseuses, dont la principale vocation était de déboucher sur le soir, et plus précisément sur le moment où il entendrait le craquement de la porte soupirant sous la paume de Cheyenne.

Le corps de la jeune femme serré contre le sien, Jacques avait parfois la sensation de naviguer en plein rêve, dans un entre-deux agréable qui ressemblait à la vie, sans en avoir la consistance. S'il redoutait de ne plus voir Cheyenne, de ne plus partager avec elle l'évidence de la peau, il sentait en même temps qu'il se détachait déjà d'elle, qu'il la contemplait parfois comme on se remémore un souvenir agréable. À certains moments, il l'imaginait conciliante et mobile, une petite odalisque aux membres souples qu'il glisserait dans son lit à l'occasion d'éventuels voyages transatlantiques ; à d'autres, il anticipait sa pure disparition.

« J'ai envie d'aller voir les cascades, ça te dit ? »

Jacques ne s'attendait pas à ce que Ritesh, coiffé d'une casquette rouge assortie à son short, vienne frapper à sa porte en plein milieu de journée ; il s'attendait encore moins à ce que celui-ci lui fasse une telle proposition.

« Solen est partante, mais les autres préfèrent rester travailler », l'informa Ritesh tandis que Jacques enfilait ses baskets.

Malgré la carte qu'ils avaient pris soin d'emporter, Ritesh, Jacques et Solen s'égarèrent à plusieurs reprises. Lorsqu'ils entendirent enfin le léger clapotis de l'eau qui s'écoule, ils se précipitèrent avec un enthousiasme d'archéologue, attisé par l'attente.

« C'est un peu décevant », constata Solen en contemplant l'étendue du désastre.

Les cascades blanches se résumaient à un goulet d'eau étriqué versant dans un bassin où coagulait un mélange de vase et d'écume, trois ou quatre mètres en contrebas.

« Je suis désolé, s'excusa Ritesh. Je pensais que ce serait un peu plus majestueux.

— Ne t'inquiète pas, le rassura Solen. J'avais besoin de faire une pause de toute façon. »

Elle délaça ses tennis, roula le bas de son jean sur ses chevilles et plongea ses pieds nus dans l'écume.

« Glacée », dit-elle.

Avançant à petits pas sur le bord, elle ramassa un galet, puis un deuxième. Avec sa queue-de-cheval blonde et son air concentré, elle paraissait extrêmement jeune tout à coup. Assis non loin, Ritesh ouvrit un recueil du poète Ezra Pound.

Jacques se mit en quête d'un rocher plat sur lequel s'allonger. Le soleil lui caressait le front, les bras et la nuque, et il se laissa peu à peu aller à la douceur ultramarine de cet opéra en plein air où les cascades faisaient office de solistes, et les oiseaux de chœurs. Au début, il parvint à garder les yeux ouverts sur les échantillons de ciel épargnés par les cimes anguleuses des pins. Mais le ciel morcelé et les pins finirent par s'effacer, et le grondement de l'eau s'assourdit jusqu'à se confondre avec le bruissement des pages effleurées par Ritesh.

*

« Danielle, tu lis quoi ? »

Avec sa peau blanche et ses rondeurs écrasées par le maillot de bain trop petit, sa sœur ressemble à une femme adulte déguisée en petite fille. Jacques est partagé entre l'attirance et le dégoût qu'il éprouve à l'endroit de ce corps pubère. Il a pris soin d'étaler sa serviette à quelques mètres de celle de sa sœur, pour maintenir une juste distance de sécurité.

Il n'y a personne d'autre qu'eux sur le solarium de la piscine municipale de Granville : un espace bétonné de vingt-cinq mètres carrés accolé au bassin où se décolorent quelques chaises longues en plastique.

« Danielle, répète-t-il, un peu agacé, tu lis quoi ? »

Elle continue la lecture de son magazine, feignant de ne pas l'entendre. Il déteste quand elle l'ignore ainsi. Tout en lui jetant des coups d'œil furieux, Jacques s'éloigne pour collecter les mouches noyées. Il s'accroupit, forme une coupelle avec ses mains où il prélève les insectes agonisants, ou morts déjà ; puis il agglutine les cadavres sur le bord du bassin, transformé en fosse commune.

Toujours sans lui accorder un regard, Danielle enlève le haut de son maillot. La nuque de Jacques se raidit, un peu de sueur lui coule dans les yeux. Il n'ose pas la regarder, et pourtant, pourtant il tourne la tête, veillant à ne pas précipiter son mouvement.

Les seins de sa sœur sont ronds, de la couleur du lait ou de la crème, avec un pistil rose et charnu au centre. Ce sont les plus beaux seins qu'il ait jamais vus. Les mêmes que ceux de sa mère, mais en plus fermes et, paradoxalement, en plus juteux.

Danielle relève le visage vers lui. Ses yeux rencontrent les siens, elle sourit.

« Est-ce que tu veux les toucher ? »

Il la regarde en biais, croyant qu'elle se moque de lui. Mais son sourire paraît sincère, engageant comme une invitation. Il s'avance vers elle avec des maladresses de crabe, hypnotisé par l'onctuosité de ces seins immobiles qui lui brûlent la rétine. Parvenu à la hauteur de sa sœur, il tend la main pour attraper l'un des petits soleils blancs.

Danielle rejette violemment le torse en arrière, la main sur sa poitrine. Une grimace lui tord la bouche.

« Mais t'es vraiment un putain de taré ! »

*

« Jacques ! Ouhou, Jacques ! »

Jacques ouvrit les yeux. Les yeux bleus de Solen étaient penchés sur lui, en aplat sur le ciel.

« On va bientôt y aller, d'accord ? Il commence à faire froid. »

Elle s'assit à côté de lui.

« Regarde ce que j'ai trouvé », dit-elle.

Elle tenait un objet noir et brillant dans sa main. Cette fois, il ne s'agissait pas d'une tortue mais d'une cartouche de pistolet. Jacques la prit et l'approcha de ses narines. La cartouche exhalait une très légère odeur de poudre. Quelqu'un avait dû tirer récemment.

« Flippant, hein ? » commenta Solen, excitée par sa trouvaille.

Elle mit la cartouche dans sa poche.

« Je la garde, ça me fera un souvenir, dit-elle avant de se tourner vers Ritesh. On décolle ? »

Pour toute réponse, le poète ferma son livre.

« J'ai lu un de tes romans, tu sais, dit Jacques à Solen tandis qu'ils cheminaient en direction de la résidence, sous un ciel obscurci. *Nos inconséquences*, précisa-t-il.

— Et alors, tu en as pensé quoi ? demanda Solen d'un ton qui se voulait léger – mais sa mâchoire s'était raidie.

— Eh bien, j'ai trouvé un peu dommage cette multiplicité de narrateurs. Ça donne une impression de foisonnement, ce qui correspond bien à l'univers de la troupe de théâtre ; mais ça nuit à l'unicité du récit, qui aurait par ailleurs gagné à être resserré, je pense. Par exemple, je ne crois pas que tout le passage sur la mort de Marion…

— Manon, l'interrompit machinalement Solen.

— Manon, corrigea Jacques en songeant que Solen chipotait. Il fronça les sourcils, ayant perdu le fil de sa pensée. Qu'est-ce que je disais ?

— Le passage sur la mort de Manon.

— Ah oui, je ne crois pas que cela amène quoi que ce soit de plus à l'intrigue. Même si le chapitre sur son adolescence est remarquablement écrit. »

Jacques voyait la déception croître dans les yeux de Solen. Il suspendit son soliloque, soudain très fatigué d'être lui.

« Tu sais quoi ? Ton livre a des défauts, c'est sûr, mais quel livre n'en a pas ? Ce qui compte, c'est que j'ai pris énormément de plaisir à le lire. J'aurais aimé avoir autant de talent à ton âge. »

Solen lui pressa le bras, émue, et Jacques eut le sentiment d'avoir pour une fois trouvé les mots qui convenaient.

Ils approchaient de la résidence dont les lumières, d'abord troubles, s'éclaircissaient peu à peu pour devenir des fenêtres, et dont les bruits diffus se précisaient en rires. Suivant Solen et Ritesh qui s'engouffraient déjà à l'intérieur, Jacques fut accueilli à son tour par les exclamations heureuses des résidents déjà à table. Il prit place au milieu de cette étrange famille qui se pressait pour lui servir du vin, de la quiche, de la salade, tout en poursuivant une conversation qui tournait autour d'événements paranormaux – Cheyenne affirmait avoir déjà été au contact de fantômes et d'esprits, ce que récusaient violemment Dave et Holly.

Durant tout le dîner, Jacques se contenta de manger, boire et écouter, simplement heureux d'être là. Une question, cependant, le taraudait. Serait-il capable de reprendre le cours normal de son existence, une fois chez lui ? Il s'imagina changer une ampoule, câliner le chat, corriger un manuscrit, et il eut peur de n'être plus à même de renouer avec la simplicité de ces gestes, d'avoir perdu toute appétence pour la morosité de sa vie française.

30.

Après dîner, Jacques déclina l'invitation de Ritesh à boire un whisky et regagna son appartement sur les coups de vingt et une heures. Il s'installa dans son lit avec un nouveau livre, *The Vegetarian,* un roman coréen qui l'avait séduit par sa belle couverture rouge où se détachait en ombre chinoise le portrait ombré d'une femme-racine.

Malgré la puissance évocatrice des premières pages, Jacques se sentit assez vite frustré par sa lecture, comme si les mots ne le nourrissaient pas assez, coulant au goutte-à-goutte dans son système nerveux alors qu'il avait besoin d'une perfusion rapide. Il ouvrit son carnet de notes et se mit à écrire comme cela lui venait ; quelques fragments d'idées sans lien tangible avec le roman qu'il essayait en vain de rédiger. Lorsqu'il entendit le coup léger frappé contre la porte, il réalisa que cela faisait presque une heure que sa main vagabondait d'un mot, d'une idée à l'autre.

Plus tard, alors que Cheyenne et lui étaient tous deux allongés, rassasiés de leurs chairs respectives, Jacques tendit le bras vers le bloc-notes et commença à lire en silence ce qu'il avait écrit.

C'est un endroit où personne n'habite
Un endroit sans adresse
Un endroit sans rue, sans passant, sans parterre de roses
Un endroit du passé.
C'est un endroit où tout le monde ignore
Les habits du futur
Un endroit sans famille, sans rire, sans boîte aux lettres,
Un endroit où rien ne dure.
Parfois la nuit
À l'heure où le jour décolore
Je m'enfuis.
Les oiseaux, les abeilles, les bourgeons sont morts
Les ciels pâles s'obscurcissent, et mes paupières se voilent
De souvenirs jaunis
Est-ce que je dors,
Ou est-ce que j'ai vieilli ?

Jacques suspendit sa lecture, interloqué. Avec des années de retard sur son adolescence, il avait composé son premier poème. Son premier poème ! Jacques se figurait sans peine le rictus agacé de Bertrand apprenant qu'il versifiait. Écrire des poèmes, quel enfantillage et, surtout, quelle perte de temps ! En France comme ailleurs, point de salut hors du roman et de l'essai. Il fallait la modestie d'un Ritesh, qui se moquait de faire des ventes, ou le trop-plein d'assurance d'une Solen, pour se risquer sur les contrées arides de la poésie ou de la nouvelle.

Cheyenne commença à jouer avec les poils du torse de Jacques, qui reposa son carnet. Il songea qu'il avait éprouvé, il n'y a pas si longtemps, de la gêne à ce qu'elle le vît torse nu.

« Je peux te poser une question ? demanda-t-elle.

— Bien sûr.

— Je veux connaître ton histoire.

— Ce n'est pas une question, murmura Jacques, effleurant la pointe du sein droit de Cheyenne. Et je n'ai pas d'histoire.

— Tout le monde en a une. »

Peut-être était-ce à cause de la chevelure noire et emmêlée de la jeune femme, lui rappelant soudain celle de sa mère ; ou de son regard, si attentif qu'il en était presque dur.

« J'ai perdu ma mère quand j'avais vingt ans », dit-il.

Jacques s'étonna d'avoir daté le début de son histoire à la mort de sa mère ; même s'il était effectivement né une seconde fois le jour où celle-ci était morte.

« Vous étiez très proches ? »

Il évalua un moment cette question. « Proche » n'était pas le mot qu'il aurait employé pour qualifier leur relation. « Symbiotique » aurait été plus exact.

« Elle me répétait tout le temps que j'étais sa raison de vivre, dit-il, parce que c'était encore la manière la plus simple d'expliquer l'inexplicable.

— Et ton père ?

— Il est parti quand j'avais cinq ans.

— Tu as des frères et sœurs ?

— Une grande sœur. Danielle. Je la connais mal. Elle a quitté la maison quand j'avais onze ans. Tu as fini avec tes questions ?

— Ta mère a dû être très triste.

— En fait, pas vraiment. Je crois qu'elle était contente qu'on ne soit que tous les deux.

— De quoi est-ce qu'elle est morte ?

— Tu es fatigante. Elle s'est suicidée. Un week-end où j'aurais dû être là. »

Quand Bertrand l'avait invité à une fête où était supposée se rendre la crème de la crème du monde littéraire, Jacques avait aussitôt répondu qu'il viendrait, craignant que l'offre n'expire s'il tardait à répondre. C'est après qu'il avait réalisé que la fête se déroulait le week-end précis où sa mère célébrait son quarante-huitième anniversaire.

Le jeudi soir, il lui téléphona pour lui dire qu'il était malade et ne pourrait donc pas venir à Cestin comme prévu. Il lui promit de se rattraper, de prendre un train le week-end d'après. Elle se montra étonnamment compréhensive. Ils fêteraient son anniversaire plus tard, ce n'était que partie remise. Le samedi, Jacques alla donc à sa soirée, l'esprit à peine troublé par un fond de culpabilité qu'il noya dans un rhum de vingt ans d'âge que Bertrand tint absolument à lui faire goûter.

Comment aurait-il pu deviner que sa mère avait préparé sa venue toute la semaine ? Qu'elle avait fait les courses en vue d'un festin, décoré la maison de fleurs et de guirlandes et acheté deux bouteilles de champagne ? Et comment aurait-il pu prévoir qu'aussitôt le téléphone raccroché, elle irait droit au garage, accrocherait un tuyau au pot d'échappement de sa vieille Renault qu'elle dirigerait vers l'habitacle, s'installerait à bord toutes vitres fermées, puis allumerait le moteur ?

Jacques se rappelait confusément le silence de Danielle au téléphone. La crémation rapide, à laquelle elle avait refusé d'assister. La dispersion des cendres, au sommet de la colline où leur mère peignait. Autant de scènes qui paraissaient tirées d'un rêve, ou d'un film qu'il aurait vu il y a longtemps.

Il n'avait jamais raconté à Alicia les circonstances de la mort de sa mère, qui s'était produite quinze ans avant leur rencontre. Non qu'il ait gardé secret cet événement de manière intentionnelle. Mais celui-ci était si profondément enfoui en lui, à l'époque où il l'avait rencontrée, qu'il en venait même à se demander s'il s'était réellement produit.

Lorsqu'il se tut enfin, le visage de Cheyenne était mouillé.

« On éteint ? » proposa-t-elle.

Jacques obtempéra, et ils dormirent ensemble pour la première fois.

31.

Le lendemain matin, Jacques partit se promener, Cheyenne trottinant à ses côtés.

Pourquoi avait-il fallu qu'ils passent leur toute première nuit ensemble alors que leur séjour à White Falls touchait à sa fin ? S'ils avaient adopté ce rituel plus tôt, Jacques aurait pu apprivoiser le souffle et le sommeil de Cheyenne. Il aurait pu avaler le monde chaque matin entre ses cuisses ouvertes, et goûter sur sa langue son goût de chair et de sel.

Au lieu de quoi, ils avaient gaspillé leurs nuits et leurs aurores communes avec une insouciance d'enfants gâtés. Quel gâchis, quel immense et incommensurable gâchis !

Il devait lui dire qu'il était en train de tomber amoureux d'elle, il devait le lui dire maintenant, sans quoi ils se quitteraient sur d'affligeantes banalités ou, pire, sur des promesses qu'ils ne tiendraient pas, « On s'écrit ? », « On se revoit bientôt ! ». Pourtant les mots peinaient à sortir. Jacques craignit tout à coup d'effrayer Cheyenne, ou même de se ridiculiser en prononçant des paroles irrattrapables. La jeune femme paraissait détendue, prompte à rire, très loin de l'urgence qui agitait Jacques, et il repoussa à plus tard sa grande déclaration.

« Tu as beaucoup écrit, depuis la lecture à Hudson ? demanda-t-il, le pouls encore affolé par l'annonce qu'il avait manquée lui faire.

— Rien depuis le chapitre sur mon frère », dit-elle en souriant.

Cheyenne avait besoin de temps, de beaucoup de temps, pour organiser ses pensées et les mettre en forme. Mais elle comptait se remettre au travail le jeudi suivant, lorsque la lune serait pleine. Jacques se mit à rire, avant de comprendre qu'elle parlait sérieusement.

« Nos corps sont faits à soixante-cinq pour cent d'eau. Pourquoi est-ce qu'on ne serait pas influencé par la lune alors qu'elle a un tel impact sur les marées ? »

Jacques ne sut que répondre.

Les hommes perdaient la tête les soirs de pleine lune, lui assura Cheyenne ; la plupart des crimes passionnels étaient même perpétrés durant ces nuits particulières. Outre le pouvoir d'influence de la lune sur les comportements humains, elle croyait à l'astrologie (il fallait absolument que Jacques lise la colonne d'horoscopes hebdomadaires de Rob Brezsny), au magnétisme, aux techniques de guérison par l'énergie spirituelle, à l'iridologie (nos iris, lui annonça Cheyenne gravement, sont le miroir de notre santé) et Jacques, qui rangeait toutes ces croyances dans le même sac à absurdités, se sentit déjà un tout petit peu moins enclin à l'aimer.

« L'âne est là ! » s'exclama-t-elle soudain.

Derrière la barrière où Jacques avait vu paître deux vaches colossales, il y avait un âne court sur pattes, pourvu d'une tête bien trop grosse pour son corps et d'une muselière qui l'empêchait de brouter l'herbe grasse dont il était entouré. Cheyenne tendit la main par-dessus la clôture et le caressa avec un sourire extatique, comme si le grotesque animal était la créature la plus douce qu'elle ait jamais touchée, et l'âne se laissa faire, les yeux plissés, manifestant son plaisir par des braiments curieux qui ressemblaient à des aboiements.

Jacques les regardait tous deux, la femme-enfant et l'âne-chien, essayant de figer ce moment fragile dans sa mémoire afin de l'ajouter à la collection des images heureuses qu'il avait pu glaner au cours de son séjour ici ; et, tout à coup, il fut accablé par la mélancolie.

Il ne troquerait évidemment pas son petit confort pour une deuxième chance avec Cheyenne : il était trop vieux pour cela, déjà trop plein de ratures.

«J'ai échangé des messages avec mon ex, dit Cheyenne tout à coup, sans cesser de flatter l'encolure de l'âne. Ce matin. Il veut qu'on se voie, quand je rentre à New York.

— Je suis content pour toi », dit Jacques.

Et il s'étonna de la rapidité douloureuse avec laquelle les projets d'une vie s'ouvrent et se referment, sans éclat ni bruit.

32.

Ce soir la lune était ronde et pleine, d'un jaune mousseux, comme gorgée de bière. Incapable de se concentrer sur le cahier ouvert devant elle, Cheyenne se retournait sans cesse vers la fenêtre. Elle avait prévenu Jacques qu'elle le rejoindrait tard dans sa chambre, car elle voulait écrire. Mais la lune la rendait nerveuse ; elle réveillait en elle des angoisses primitives, la sensation irréfragable d'un danger imminent.

Elle enfila sa veste et esquissa quelques pas dans la nuit clouée d'étoiles. Dépouillé de toute vie humaine, le jardin avait perdu sa familiarité diurne. Elle vit que la fenêtre du bureau au troisième étage du cottage Sybil Vane était allumée, ce qui signifiait que Solen y travaillait encore. Cela la rassura de savoir qu'elle n'était pas seule à veiller. Elle se hâta en direction du bâtiment. C'était la première fois qu'elle y entrait à une heure si tardive, et elle eut l'impression de s'introduire par effraction dans le songe d'une autre.

Solen mit un certain temps à venir lui ouvrir. Elle avait les joues rouges et les yeux brillants d'une femme qui vient de faire l'amour ; mais Cheyenne était bien placée pour savoir que l'écriture pouvait avoir cet effet-là.

« Pardon de te déranger. Tu m'offrirais une cigarette ? »

Cheyenne ne fumait pas, mais c'était l'unique prétexte qu'elle ait trouvé pour bénéficier d'un peu de compagnie.

Les deux jeunes femmes fumèrent une cigarette sans échanger un mot, assises sur le banc jouxtant le bâtiment. Solen était songeuse, probablement encore en train d'écrire dans sa tête, et Cheyenne n'osa pas la tirer de sa rêverie. La jeune Française l'intimidait autant qu'aux premiers jours. Elle était trop jolie, trop blonde, trop parisienne. En sa compagnie, Cheyenne avait la sensation de rétrécir.

Leurs cigarettes réduites en cendres, Solen en tira deux autres de son paquet et en tendit une à Cheyenne qui la glissa entre ses lèvres sans faire de manières, bien qu'elle soit déjà écœurée de tabac.

Ses pensées la ramenèrent à Alex. Elle avait passé la matinée à échanger des messages avec lui. Il avait commencé par lui envoyer un lien vers un article du *New York Times* : une analyse très détaillée des manifestations qui avaient secoué l'Iran en décembre dernier. Elle l'avait remercié, perplexe, se demandant pourquoi il ressuscitait une conversation interrompue depuis leur séparation. Puis il lui avait demandé de ses nouvelles. Elle avait été heureuse de mentionner la résidence. Cela donnait l'illusion qu'elle était en mouvement, trop occupée pour penser à lui (et dans un sens c'était vrai, Jacques l'avait distraite de son chagrin). Alex lui avait offert de déjeuner avec lui à son retour. Elle n'avait pas encore répondu, mais elle avait relu plusieurs fois le message, envahie par une heureuse inquiétude.

« Tu dors pas avec Jacques ce soir ? » demanda Solen.

De surprise, Cheyenne fit tomber sa cigarette qui s'éteignit. Elle songea d'abord que Jacques l'avait trahie, qu'il avait fanfaronné auprès de Solen, peut-être même auprès des autres résidents. Elle se revit quelques semaines plus tôt, agenouillée à ses pieds, image bas de gamme et pornographique dont elle était la malheureuse instigatrice. Jacques aurait eu toutes les raisons du monde de se vanter, sa virilité de mâle exaltée par ce simple constat, *Je la saute mais c'est elle qui m'a sauté dessus.* Car c'était bien elle qui était allée le chercher, elle qui l'avait trouvé, se jurant chaque matin de ne plus retourner dans sa chambre, mais rechutant chaque soir, trop contente d'exister sous ses mains débarrassées de toute pudeur, de renaître au creux de leur avidité à se connaître.

Pourtant, elle n'imaginait pas cet homme si taiseux s'épancher sur ses exploits extraconjugaux. C'était d'ailleurs la première fois qu'elle songeait à leur aventure en ces termes : un manquement à la promesse qu'il avait faite à une autre femme. Scrutant son histoire à travers les yeux de Solen, Cheyenne eut honte tout à coup. Sa relation avec Jacques n'était belle que dans la discrétion, le secret partagé à deux ; dégradée en objet public, elle devenait un banal adultère.

« Comment tu as su ? demanda Cheyenne quand elle fut de nouveau en mesure de parler.

— Je ne suis pas sourde, répondit Solen avec une sollicitude un peu moqueuse. Je t'entends quitter ta chambre tous les soirs, et revenir une ou deux heures après. Et puis j'ai vu comment tu le regardes.

— Tu me prends pour une salope ? »

L'adjectif arracha un sourire à Solen.

« T'es majeure, tu gères ta vie sexuelle comme tu veux. Juste, fais gaffe. Les mecs mariés ont pas les mêmes codes que toi. – L'expression de Solen devint rêveuse, comme si elle s'adressait à ses souvenirs. – Ils te disent qu'ils t'aiment, qu'ils vont quitter leur femme, et trois ans après, toi, t'attends encore. – Son regard se fit dur. – Ce genre d'histoire crois-moi, ça finit toujours dans les larmes, le sang et les boyaux. »

Cheyenne songea aussitôt au tranchoir de son enfance, à l'odeur de viande calcinée, aux menaces de Gaîdzag. Mais ce n'était pas une pensée soucieuse, au contraire : elle contemplait cette ancienne peur avec une ironie détachée, comme on se rappelle qu'on a, un jour, eu peur du noir.

« Je t'ai pas fait de peine, j'espère ? » lui demanda Solen juste avant qu'elles ne se séparent.

Cheyenne secoua la tête en signe de dénégation. Solen ne lui avait pas fait de peine, non, se dit-elle en regardant la Française s'éloigner en direction du cottage Sybil Vane. Elle venait juste de précipiter la fin de son histoire avec Jacques.

33.

Le dîner n'est pas passé. Je préfère dormir seule.

Ils n'avaient pas pour habitude de s'envoyer des mots doux, mais ce texto était néanmoins le plus trivial, le plus dénué de toute poésie que Jacques ait reçu de Cheyenne. Un tel message désamorçait toute possibilité de dialogue. Pire, il paraissait renier tout ce qu'ils avaient vécu ensemble ces dernières semaines : les promenades, le sexe, les confessions nocturnes. Jacques se contenta donc d'envoyer quelques mots lui souhaitant un prompt rétablissement, avant d'éteindre son téléphone, déçu et exaspéré.

Alors quoi, elle le congédiait de la sorte, sans tendresse ni remords ? Ça aurait dû être l'inverse, ça aurait dû être lui qui mettait un terme à leur fantaisie commune. Fantaisie qu'elle avait d'ailleurs provoquée en venant le trouver dans sa chambre, en lui offrant ses seins, en prenant son sexe dans sa bouche ! Jacques l'imagina de retour à New York, oublieuse de tout, sautillant aux côtés d'un garçon de son âge ; cet ex providentiel surgi du passé qui venait, d'un bond, de préempter l'avenir. Et alors il eut mal, vraiment mal, de l'imaginer parlant astrologie et magnétisme avec un autre, de l'imaginer heureuse sans lui.

Après s'être masturbé, il décida de recourir au second palliatif le plus efficace à la frustration : la lecture. Mais son roman coréen était introuvable. Il devait l'avoir oublié dans la bibliothèque, où il avait lu une demi-heure avant le dîner. Oui, il pouvait clairement se figurer la couverture rouge traînant sur l'accoudoir d'un des fauteuils.

Par pure flemme de lacer ses chaussures, il enfila la paire de tongs qui lui faisait office de pantoufles et sortit de l'appartement en essayant d'être le plus silencieux possible (il était en caleçon et préférait éviter de croiser quiconque dans cette tenue). Il n'avait que quelques mètres à faire pour atteindre le bâtiment commun ; mais ce fut assez pour qu'il frissonne. L'air était humide et chargé d'électricité, hésitant à produire une tempête.

La lumière était toujours allumée dans la bibliothèque, alors que Jacques était à peu près certain de l'avoir éteinte en quittant la pièce. Il s'apprêtait à entrer mais se figea en entendant la voix de Ritesh. Avec quel autre résident le poète le trompait-il dans ce haut lieu de confidences nocturnes dont

Jacques croyait jusque-là qu'il n'appartenait qu'à eux ? Décidément, tout le monde lui tournait le dos ce soir. Il n'eut cependant pas le loisir de s'appesantir sur les modalités de cette trahison-là ; car Ritesh était justement en train de parler de lui.

« Jacques a fait beaucoup de progrès, disait le poète. Il s'exprimait avec lenteur, comme s'il parcourait des notes. C'est peut-être le patient dont je suis le plus satisfait. Irvin trouve que la méditation lui fait beaucoup de bien, il est plus concentré et plus ouvert sur les autres.

— Comment se passe la thérapie ? interrompit la voix de Will.

— Bien. Les scènes qu'il décrit ont gagné en précision. La dernière fois, lorsque j'ai utilisé du cannabis, il a mis le doigt sur un nœud traumatique. Mais il a paniqué et on n'a pas pu aller au bout.

— Tu estimes nécessaires encore combien de séances ?

— Encore une ou deux, je dirais. »

Il y eut un nouveau silence ; cette fois, Jacques put distinctement entendre le bruit de pages que l'on tournait.

« Pour ce qui est de Holly ? reprit Will. Est-ce que Louisa a réussi à ajuster le traitement ?

— Elle fait de son mieux pour éviter que Holly ne se resserve à table. Sans grand succès. En revanche, son humeur semble s'être stabilisée et ses accès de colère se sont largement espacés.

— Bon. Tu continues à la surveiller de près. Je ne voudrais pas qu'elle nous fasse une décompensation psychotique. »

Un autre silence. Le bruit de papiers que l'on classe, de dossiers que l'on referme. Jacques choisit ce moment de latence suspendue pour faire son entrée.

Le fait qu'il ne porte pour seuls habits qu'un boxer et des tongs ajouta à l'effet de surprise et à la confusion qui s'ensuivit.

Pendant quelques secondes, Will parut trop abasourdi pour dire quoi que ce soit. Il amorça sans succès plusieurs ébauches de sourires.

Renonçant à avoir l'air joyeux, il s'avança vers Jacques en brandissant une main qui hésitait visiblement à lui donner une accolade ou à le gifler :

« Jacques ! Je ne pensais pas… »

Mais Jacques ne sut jamais ce que Will ne pensait pas ; car le directeur n'acheva pas sa phrase, et laissa retomber son bras le long du corps.

« J'imagine que tu nous as entendus », déclara posément Ritesh, transfiguré par un air de puissance, à mille lieux de l'être doux et effacé que Jacques avait l'habitude de côtoyer. Le poète (méritait-il encore ce qualificatif ?) fit signe à Jacques de prendre place dans le fauteuil en face :

« Je te sers un whisky ? »

Tétanisé par l'absurdité de la situation, Jacques s'assit dans le fauteuil que lui indiquait Ritesh et accepta le verre que celui-ci lui tendait. Il avala l'alcool en une seule gorgée. Cela lui fit du bien.

« J'aimerais que vous m'expliquiez ce qui se passe ici », dit-il, la voix rauque.

Ritesh échangea un bref coup d'œil avec Will, qui lui adressa un imperceptible hochement de tête.

« Tu te souviens d'avoir souffert de légères migraines, au début du séjour ? interrogea Ritesh.

— Oui.

— Tu as également fait beaucoup de cauchemars ces dernières semaines ? Ou, en tout cas, des rêves anormalement précis et foisonnants ?

— Oui, et alors ? s'impatienta Jacques.

— Il s'agit d'effets secondaires liés à ta consommation hebdomadaire de LSD. Au bout d'un moment, le corps s'accoutume et les effets secondaires disparaissent.

— Je n'ai jamais pris de LSD de ma vie.

— Les dîners préparés par Louisa en contenaient une microdose, intervint Will. Un dîner sur trois, pour être précis. »

Jacques esquissa le geste de se lever, comme pour signifier que la conversation était terminée, qu'il ne perdrait pas davantage de temps à écouter pareilles inepties, mais Ritesh posa une main ferme sur son bras, et Jacques, impressionné par cette expression minimale d'autorité, se laissa retomber dans le fauteuil.

« Nous allons commencer par te raconter qui nous sommes, dit Ritesh. Je suis psychiatre, spécialisé en mémoire traumatique et victimologie. Ça fait trente ans que j'exerce auprès d'adultes victimes de traumatismes, ou témoins d'abus dans leur enfance et leur adolescence. Je travaille surtout dans le cadre de thérapies brèves qui peuvent se dérouler sur plusieurs semaines. Pour être plus concret, j'aide mes patients à mettre des mots et des images sur des vécus traumatiques, afin de leur permettre de s'extraire des répercussions psychiques générées par de tels événements – qu'il s'agisse de dépressions, de crises d'angoisse à répétition, de comportements à risques, d'alcoolisme, de TOC… »

Will prit le relais de Ritesh.

« Je suis chercheur en thérapie cognitive, spécialisé dans le champ de la recherche psychédélique. »

Jacques fronça les sourcils, perdu.

« J'étudie le pouvoir curatif des drogues psychoactives sur les maladies et souffrances psychiques », explicita Will.

Jacques fronça de nouveau les sourcils.

« Ce sera plus simple si on reprend depuis le début », admit Ritesh. Et il commença à raconter.

34.

Un jeune interne en psychiatrie à la Harvard Medical School, nommé William Jenkins, vouait un véritable culte à l'un de ses professeurs, le grand, l'immense psychiatre Peter Emanuel Sifneos.

Que celui-ci soit en salle de classe ou dans son bureau quelque peu excentré du Rabb Building où il recevait patients et étudiants, Sifneos était l'homme le plus distingué que le jeune William ait jamais rencontré, toujours cravaté et impeccablement peigné. Mais l'élégance de Sifneos n'était pas seulement vestimentaire : l'œil pétillant et le verbe haut, il était doté d'une intelligence si généreuse qu'elle rayonnait sur ses interlocuteurs, leur donnant le sentiment qu'ils avaient, eux aussi, pris part à l'accouchement de ses brillants énoncés.

Parlant couramment le grec, l'anglais et le français, le professeur était connu dans l'ensemble du département de psychiatrie comme un esthète, amateur de bon vin, de musique classique et de philosophie.

Cependant, c'était avant tout dans le champ de la médecine psychosomatique et des thérapies brèves qu'il s'était acquis une solide réputation dès les années 1960.

Alors que la majorité des psychanalystes de l'époque traitaient leurs patients pendant des périodes de longue durée pouvant s'étaler sur des années, Sifneos avait mis au point une approche thérapeutique innovante. Celle-ci permettait à des patients motivés et particulièrement lucides, sujets à des troubles psychiques mineurs, tels que l'anxiété ou la dépression légère, de s'atteler à un problème émotionnel spécifique durant une thérapie de vingt semaines maximum. Dans le cadre de cette thérapie, baptisée *short-term anxiety-provoking psychotherapy*, le psychiatre responsabilisait son patient en le confrontant de manière directe à ses fantasmes, ses actions, ses désirs et ses sentiments.

Autre innovation vis-à-vis de la tradition psychanalytique en vigueur : le thérapeute consacrait une grande partie de la thérapie à dénouer le nœud œdipien. La relation triangulaire père-mère-enfant établie par Freud étant, d'après Sifneos, au cœur de la majorité des conflits vécus par le patient.

À une période où la psychothérapie était considérée comme un domaine éminemment privé, peu propice à la recherche, Sifneos avait obtenu l'accord de certains patients pour enregistrer leurs entretiens. Il utilisait lesdits enregistrements lors de ses séminaires d'enseignement afin de montrer à ses étudiants comment il parvenait à mettre au jour les conflits actifs à l'origine des troubles de ses patients. Se fondant sur le concept d'alexithymie qu'il avait inventé – soit l'incapacité à exprimer verbalement ses émotions ou ses sentiments –, Sifneos soutenait que la véritable mission du thérapeute était d'aider le patient à trouver ses mots.

Fasciné par cette approche qui plaçait véritablement le patient au cœur du dispositif thérapeutique, Will décida d'investiguer lui aussi le champ des thérapies brèves. Sous la direction de Sifneos, il commença à rédiger sa thèse poétiquement intitulée *The curative effect of lightning therapies on mental illnesses, traumatized souls and restless minds.*

Quand survint la mort du professeur en 2008, Will, orphelin de mentor, se mit en quête d'un autre directeur de thèse. C'est par l'intermédiaire du professeur John Nemiah, proche collaborateur de Sifneos qui mourrait à son tour six mois plus tard, que Will fit la connaissance de Denis Bergman ; la deuxième rencontre décisive de sa balbutiante carrière.

Sur le point de prendre sa retraite, le professeur Bergman s'était investi corps et âme dans un champ d'investigation tombé en désuétude : la recherche psychédélique. À la fin des années 1950, ce jeune doctorant en neurochimie avait fait partie de la première vague de scientifiques à s'intéresser aux vertus thérapeutiques du LSD, de la psilocybine – le principe actif de certains champignons hallucinogènes, et de la mescaline dans le traitement de l'alcoolisme et des maladies mentales chroniques. Les recherches dans ce domaine se faisaient alors abondamment financer par le gouvernement fédéral, et les scientifiques étaient nombreux à se passionner pour le potentiel médical du LSD : une substance parfaitement légale commercialisée sous le nom de Delysid, pouvant être obtenue gratuitement via le laboratoire suisse détenteur du brevet.

Si la molécule de cette drogue synthétisée pour la première fois en 1943 par le chimiste Albert Hoffmann était aussi unanimement appréciée au sein de la communauté scientifique, c'est qu'elle paraissait offrir de nombreux avantages : elle induisait un état de conscience accrue chez ses usagers, combinait l'avantage d'une grande efficacité et ne présentait aucun risque de dépendance. Ainsi, entre 1950 et 1965, environ quarante mille personnes souffrant d'alcoolisme, de dépression profonde ou encore de toxicomanie se virent prescrire du LSD ou l'un de ses dérivés à travers toute l'Europe et l'Amérique du Nord.

Mettant à profit l'action de la molécule pour abaisser les barrières psychiques de leurs patients, une poignée de psychiatres américains libéraux décidèrent de recourir au LSD au cours de leurs séances d'analyse. La renommée de cette thérapie innovante prit un nouvel essor grâce à la publicité faite par sa célèbre patientèle : Cary Grant, notamment, déclara qu'une thérapie sous LSD lui avait sauvé la vie ! D'autres psychiatres, comme le californien Sidney Cohen, préférèrent quant à eux substituer l'encadrement médical à l'analyse thérapeutique, et remplacer le mode d'administration hebdomadaire par la prise d'une dose unique pouvant aller jusqu'à quatre cents microgrammes. Dans la lignée de Cohen, Bergman soutenait qu'une expérience psychoactive sous étroite surveillance médicale pourrait favoriser la libération d'affects refoulés chez les patients en perturbant des schémas d'activité cérébraux impliqués dans la rumination dépressive.

Ainsi, même si les scientifiques tâtonnaient encore et n'avaient de cesse d'adapter leurs protocoles, les psychédéliques semblaient bel et bien en passe de révolutionner la psychiatrie.

Mais la jeunesse américaine, grisée par le vent de liberté des années 1960, s'empara du LSD, des champignons à psilocybine et de la mescaline pour son usage récréatif. Une réappropriation donnant lieu à des usages hors de contrôle, qui engendrèrent de multiples malentendus et jetèrent un discrédit durable sur les drogues psychédéliques. Entre légendes urbaines et fake news, la molécule autrefois prometteuse fut désormais associée à des histoires sordides de bad trip, d'épisodes psychotique, de suicides, de vandalisme ou même d'assassinats. Le gouvernement américain, décidé à sonner le glas de cette jeunesse hippie hystérisée, décréta la *War on Drugs,* bientôt suivi par l'ensemble de la communauté internationale. Déclarée ennemi numéro un par le président Richard Nixon, qui accusait notamment le LSD de fabriquer des déserteurs en pleine guerre du Vietnam, la drogue fit l'objet d'une véritable croisade gouvernementale, au point que furent gelées la plupart des essais cliniques dans ce domaine.

Bien qu'il ait obtenu des résultats très encourageants en utilisant du LSD sur des patients dépressifs, Bergman dut stopper prématurément son travail d'investigation à la parution d'un rapport gouvernemental sur l'enjeu de santé publique que représentaient les drogues hallucinogènes. Une loi de 1962 acta la fin de la distribution aux médecins de traitements en phase expérimentale et, dès 1966, la Food and Drug Administration mit un coup d'arrêt aux programmes de recherches sur les psychédéliques.

Tandis que certains thérapeutes psychédéliques firent le choix d'exercer clandestinement sur la côte Ouest, Bergman, lui, continua de mener quelques études en sous-main. Il était convaincu que le pouvoir curatif des drogues psychédéliques pouvait multiplier par trois les bénéfices de n'importe quelle thérapie brève. Bergman croyait également à l'effet miroir de ce traitement : si on administrait 0,05 milligramme de LSD à un nombre restreint de patients lors de séances de thérapies, individuelles ou collectives, au cours d'un séjour encadré en institut psychiatrique, alors ces patients seraient susceptibles de se soutenir et de se stimuler les uns les autres au cours de leur parcours de rémission.

Contrairement à Sifneos, qui destinait ses thérapies brèves à un groupe de patients triés sur le volet, Bergman lui n'envisageait aucun prérequis à la mise en place d'une telle thérapie. Chaque patient en état de souffrance psychique était susceptible de bénéficier d'un tel traitement, pourvu qu'il ne présente aucun signe de pathologie psychiatrique telle que la schizophrénie – la consommation de drogues hallucinogènes pouvant aggraver, voire déclencher une telle pathologie. Néanmoins, Bergman admettait que les milieux artistiques et universitaires, synonyme d'ouverture d'esprit et d'une certaine appétence pour l'innovation, constituaient un vivier privilégié pour mener de telles expériences. Ces réflexions demeuraient cependant théoriques, puisqu'il semblait exclu que Bergman puisse jamais mener légalement de nouvelles études cliniques.

Lorsque Will rencontra Bergman, le vieux professeur cherchait un héritier à qui passer le flambeau de ses obsessions, et Will s'en empara bien volontiers. Non seulement il décida de poursuivre le travail universitaire de son nouveau mentor, mais il fit le vœu de l'amener plus loin. Will voulait en effet mettre au point une nouvelle forme de thérapie, fondée à la fois sur les leçons de Sifneos, les hypothèses de Bergman et les travaux menés par une nouvelle vague de chercheurs irréductibles.

Parmi les études en cours, celles menées par le psychiatre Roland Griffith de l'université John Hopkins, le professeur Charles Grob de l'hôpital universitaire Harbor UCL, et l'addictologue Steve Ross de l'hôpital Bellevue semblaient les plus prometteuses. En effet, ces derniers s'intéressaient aux effets physiologiques de la psilocybine dans la réduction du stress de patients cancéreux en fin de vie. Or cette substance bénéficiait d'une aura moins sulfureuse que le LSD, et présentait un nombre plus limité d'effets secondaires. Surtout, l'usage de thérapies non conventionnelles en soins palliatifs était plus facilement admis par les autorités sanitaires, considérant avec cynisme que puisque ces patients allaient de toute façon mourir, ils pouvaient être livrés à de nouvelles expériences ! Prudents, la plupart des jeunes praticiens de la génération de William Jenkins choisirent donc de se consacrer dans un premier temps aux protocoles dédiés aux patients en fin de vie, avant d'envisager une extension éventuelle de leur domaine de recherche.

Mais Will, lui, ne se souciait guère de brûler les étapes : ce qu'il voulait, c'était déverrouiller les coffres-forts psychiques de patients sujets à l'alcoolisme ou à la dépression, à l'aide de la molécule la plus efficace qu'il connaisse. Le protocole thérapeutique qu'il préconisait fut, sans surprise, loin de remporter l'unanimité auprès des professeurs de Harvard auxquels il le présenta : non seulement le jeune doctorant recommandait l'usage de LSD microdosé ; mais il prônait également un dispositif de thérapie brève s'appuyant sur des séances de psychothérapie traditionnelle, de respiration holotropique, de méditation en pleine conscience et d'art-thérapie. Will se vit reprocher sa trop grande ambition théorique, son manque de rigueur et, surtout, l'infaisabilité pratique de son étude.

Son projet avait cependant éveillé l'intérêt d'un des membres de la commission, le psychiatre Ritesh Chakir, qui le mit en relation avec un millionnaire de la Sillicon Valley. Ce quadragénaire à la tête d'une importante société de softwares, adepte notoire de la médecine psychédélique, accorda à Will une dotation inespérée de trois cent mille dollars pour mettre en place son programme. Mais Ritesh ne se contenta pas de débloquer le principal volet financier de l'étude : il offrit également à Will ses services de psychiatre, et rallia le concours d'une pharmacologue et d'un professeur de méditation réputé, ayant exercé un peu partout en Europe.

Une fois la levée de fonds et le recrutement du personnel accomplis, Will se mit en tête de trouver un lieu pour accueillir son essai clinique. Il avait une idée très précise du cadre qu'il souhaitait. Celui-ci se devait d'être accessible depuis New York, mais aussi isolé et paisible, à l'abri du tumulte urbain ; un endroit où les patients pourraient troquer l'autoroute encombrée de leur esprit pour un tranquille chemin de campagne.

Will visita pendant des semaines des écoles fermées et des usines désaffectées avant qu'un de ses amis de Harvard ne lui parle du centre Oscar Wilde, un ancien hôpital dédié aux malades mentaux durant la Seconde Guerre mondiale, qui accueillait périodiquement des manifestations culturelles. Will sut avant même de l'avoir visité qu'il avait trouvé le lieu idéal.

Restait néanmoins à résoudre la partie la plus complexe de l'équation : trouver des volontaires. Will avait étudié avec attention les étapes de l'essai thérapeutique mené en 2004 au centre médical universitaire de UCLA sous la direction de Charles Grob. Quatre ans de démarche avaient été nécessaires pour mettre en place le programme, dont trois pour recruter les douze patients. Douze ans après, la situation avait évolué : les résultats prometteurs de l'essai thérapeutique réalisé par le professeur Ross en 2015 avaient été bien accueillis, occasionnant de nombreux articles élogieux et des vagues de candidatures pour les nouvelles études en cours.

Mais Will n'était pas convaincu par un tel système de recrutement fondé sur le volontariat. Les patients qui entreraient en contact avec lui seraient nécessairement des patients désireux de guérir, ce qui constituait en soi un énorme biais. Or, dans le champ des maladies psychiques, Will en était convaincu, un patient qui admet sa maladie ainsi que la nécessité de se faire soigner est un patient déjà à moitié guéri.

Pour évaluer les effets réels du traitement, il souhaitait donc que ses patients ne nourrissent aucune attente vis-à-vis de la thérapie. Mieux : qu'ils n'aient pas même *conscience* d'être en thérapie. Sifneos, qui valorisait plus que tout le sacro-saint pacte entre le patient et son thérapeute, aurait sans aucun doute désavoué son ancien élève. Quant aux nouveaux porte-parole de la communauté psychédélique, ils faisaient du consentement du patient la pierre angulaire de toute recherche. Mais chaque innovation, songeait Will, est toujours considérée comme une folie avant d'être adoptée comme un progrès.

Cependant, au-delà des considérations d'ordre éthique, un problème plus trivial se posait : sous quel prétexte fallacieux Will pouvait-il réunir un groupe de patients non avisés ? Ce fut Bergman qui lui apporta la solution. Au cours d'un déjeuner, le vieux professeur fit à son disciple le récit de sa rencontre avec Aldous Huxley, au début des années 1960. Contrairement à ce qui était enseigné aux écoliers, l'auteur de *Brave New World* et de *The Doors of Perception* n'était pas seulement visionnaire ; il fut également un psychonaute convaincu, avide de toute expérience induisant une altération de conscience. Huxley avait commencé à consommer du LSD sous l'égide du psychiatre Humphry Osmond, pionnier de la recherche psychoactive. Il ne cessa d'écrire, ni de prendre des drogues jusqu'à la fin, puisqu'il avala deux cents microgrammes de LSD sur son lit de mort, par l'entremise de sa femme Laura.

Au dessert, Will avait compris qu'une solution à son problème pouvait venir de l'écriture. Sifneos croyait au pouvoir des mots et Bergman, à l'influence du LSD sur les mots. Tout concordait : il lui fallait mettre en place une résidence d'écrivains ! Ce type de retraites d'artistes, répandues à travers le pays, lui offrirait le prétexte idéal pour rassembler une poignée d'individus au même endroit six semaines durant ; soit la durée idéale de la thérapie qu'il avait imaginée. D'autant que le LSD avait, entre autres vertus, celle de stimuler la créativité.

Will n'était pourtant pas sans ignorer que la méthode de recrutement qu'il entendait employer était peu conventionnelle, pour ne pas dire illicite. En effet, le programme qu'il avait pensé reposait sur l'absence d'alliance formalisée entre le thérapeute et le patient, la famille de ce dernier se substituant à lui par la signature d'une décharge autorisant le traitement. C'est pourquoi cet essai, avait-il précisé à l'équipe médicale, devait se dérouler dans la discrétion la plus absolue.

Dans un tel contexte, Will ne s'attendait pas à recevoir beaucoup de candidatures. Mais il espérait que celles qu'on lui soumettrait présenteraient des profils adéquats. Après quelques semaines d'attente, la première personne à le contacter fut une Américaine habitant à Paris. Elle s'appelait Alicia Cascade.

35.

« C'est ma femme qui vous a contactés ? C'est une blague ? »

Will et Ritesh ne répondirent pas. Jacques chercha l'angle d'attaque le plus rationnel possible pour mettre fin à ce récit qui dépassait l'entendement.

« Je ne vois pas comment elle aurait pu ne serait-ce qu'entendre parler de votre projet, lança-t-il, sûr de son fait.

— Alicia a étudié à la Harvard Medical School, moi aussi. J'ai posté une annonce via la newsletter des anciens, elle l'a lue, répondit Will, placide.

— Admettons qu'elle en ait effectivement entendu parler, concéda Jacques. Pourquoi aurait-elle voulu m'envoyer ici ? Ça ne tient pas debout.

— Ta femme a visiblement considéré qu'un séjour avec nous te serait bénéfique, avança prudemment Ritesh.

— Ma femme m'a dit qu'elle avait besoin d'air », répliqua Jacques.

Disant cela, il reconsidéra l'écheveau des événements qui l'avaient mené ici, à White Falls. Il n'aurait effectivement jamais envisagé cette résidence si Alicia n'avait pas stipulé un besoin d'éloignement. Ce n'était pourtant pas elle qui lui avait initialement mentionné l'existence du programme, mais Bertrand.

« Ton éditeur a également pensé qu'un séjour ici te ferait le plus grand bien » l'informa William, comme s'il lisait dans les pensées de Jacques qui s'entrechoquaient.

« Donc ma femme et mon éditeur pensent que je suis fou à lier ? La voix de Jacques avait quelque chose d'implorant.

— Fou à lier, non, mais dépressif, oui, lui notifia Ritesh avec douceur.

— OK, disons que je suis dépressif ou que je l'ai été. Est-ce que cela justifie tout ce cirque ? Le LSD, les séances de psy et tout le bazar ? Vous n'auriez pas pu vous contenter de me filer des antidépresseurs ? »

William prit la parole à son tour :

« Nous pensons que ton mal-être résulte d'un traumatisme occulté, vécu dans l'enfance. Et qu'en travaillant sur ce traumatisme, avec l'appui du LSD, ainsi que des séances de psychanalyse et de méditation, tu pourrais te libérer des schémas qui t'empoisonnent l'existence.

— Ma mère s'est suicidée quand j'avais vingt ans. Ce n'est pas exactement l'enfance, mais bravo pour votre travail d'investigation.

— Est-ce que tu sais pourquoi elle s'est suicidée ? » demanda Ritesh.

Jacques allait répliquer « Parce que je ne suis pas venu à son anniversaire », mais cette croyance à laquelle il s'accrochait depuis presque trente ans lui sembla tout à coup aussi monstrueuse que comique. Sa mère avait sans doute réellement mis fin à ses jours parce qu'elle se sentait seule ; la solitude étant le principal motif invoqué par les candidats au suicide. Mais pour quelle raison avait-elle fini ainsi, femme abandonnée dans une ferme abandonnée ?

« Jacques, reprit William, sais-tu pourquoi ton père est parti ? »

La gorge de Jacques se serra. Il revit l'homme grand et cassé, pleurnichant près d'un feu. Son père n'était pas parti, non ; sa mère l'avait mis dehors.

« J'aimerais te proposer quelque chose », dit Ritesh.

Aussitôt, l'image du feu, de l'homme grand et cassé près du feu, s'évanouit.

« Quoi ? aboya Jacques.

— Une dernière séance. Juste nous deux. Histoire d'achever le travail qu'on a commencé. »

Jacques ricana.

« Tu plaisantes j'espère ? »

L'heure qui suivit fut l'une des plus nébuleuses de la vie de Jacques. Patiemment, comme un adulte s'adressant à un enfant buté, Ritesh trouva les mots pour le convaincre. Oui, il l'avait dupé, au même titre que sa femme et que son éditeur. Mais Jacques lui-même avait admis que les semaines passées ici avaient été parmi les plus sereines de sa vie. Alors pourquoi ne pas donner une dernière chance au programme en poussant l'expérience jusqu'au bout ?

Quelques instants plus tard, Jacques était allongé sur le canapé, les yeux fermés. La bouteille de whisky diffusait sa chaleur ambrée, comme une veilleuse. Une musique douce, propice à la méditation, s'échappait du tourne-disque. Le minuscule comprimé que Jacques avait consenti à avaler, et qui ressemblait à un banal médicament, commençait à agir. Ayant renoncé à la maîtrise des choses, il se sentait presque bien, se laissant aller à la voix de Ritesh, basse et agréablement neutre : une voix de présentatrice FIP.

« J'aimerais reparler avec toi de cette scène que tu m'as décrite le soir où on a fumé de l'herbe ensemble. Tu t'en souviens ? » demanda doucement Ritesh.

Jacques hocha la tête. Ritesh poursuivit :

« Tu as cinq ans. Tu es assis sur le fauteuil du salon, tu bois un verre de lait, tu manges une part de tarte aux pommes. Est-ce que tu peux me décrire ce que tu vois ?

— Il y a un feu dans la cheminée. Les flammes sont hautes, c'est très impressionnant.

— Bien. Que vois-tu d'autre ?

— Sue Ellen. Notre golden retriever. Elle est couchée sur le tapis. Elle dort.

— À part Sue Ellen et toi, y a-t-il quelqu'un d'autre dans le salon ?

— Non. Il n'y a personne.

— Où est ta mère ?

— Dans la cuisine.

— Comment est-ce que tu le sais ?

— Je l'entends. Elle est en train de préparer de la teurgoule. C'est mon dessert préféré.

— Et ton père ? »

Jacques se raidit aussitôt.

« Je… Je ne sais pas.

— Et ta sœur, où est-elle ?

— Dans sa chambre. Je pense.

— Détends-toi, Jacques. Respire. Concentre-toi sur ta respiration. Tu es en train de boire un verre de lait. Tu peux me dire quel goût a ce lait ?

— C'est très doux. Un peu sucré. Tiède.

— Et la tarte aux pommes, elle est comment ?

— Fondante. Sucrée aussi.

— D'accord. À quoi penses-tu ?

— Je pense que je mange une tarte aux pommes. Et que je bois un verre de lait.

— Pourquoi penses-tu ça ?

— Parce que je ne veux pas penser à autre chose.

— Jacques, il y a le feu de cheminée devant toi. Tu vois les flammes, qui sont très hautes. Est-ce que tu entends le bruit qu'il fait ?

— Ça crépite.

— Y a-t-il d'autres bruits que tu entends ?

— Les ustensiles, dans la cuisine.

— Très bien. Si je résume, il y a le bruit du feu, ici, dans le salon, et le bruit des ustensiles, dans la cuisine. Y a-t-il d'autres bruits ? Des bruits que tu entends, même sans les identifier précisément ?

— Je ne sais pas.

— La dernière fois, quand nous avons fumé ensemble, tu m'as parlé d'un bruit. Un raclement, je crois. Tu l'as comparé à la fin du monde. Tu te souviens ?

— Il y a quelque chose, mais c'est trop loin.

— Peux-tu essayer de me décrire ce que tu entends ?

— C'est comme quelque chose qui cogne.

— Est-ce que c'est quelqu'un qui cogne ou est-ce que c'est un objet ?

— Un objet, peut-être. C'est lourd.

— D'accord. Sais-tu d'où vient ce bruit ?

— C'est au-dessus de ma tête.

— Qu'y a-t-il, au-dessus de ta tête ?

— La chambre de Danielle.

— Donc le bruit vient de la chambre de ta sœur ?

— Oui.

— Est-ce que tu peux essayer d'identifier ce bruit ?

— Oui.

— Bien. Tu peux me dire quels objets il y a dans la chambre de Danielle ?

— Une armoire.

— Quoi d'autre ?

— Un bureau.

— Quoi encore ?

— Un lit.

— C'est tout ?

— Oui.

— À ton avis, qu'est-ce qui peut bien produire ce bruit ?

— Je ne sais pas.

— Réfléchis. Quelque chose qui cogne. Quelque chose de lourd. Est-ce que c'est l'armoire ?

— Je ne crois pas. Non.

— Est-ce que c'est le bureau ?

— Non.

— Est-ce que c'est le lit ?

— Oui. Je crois.

— Tu crois ou tu es sûr ?

— Je suis sûr.

— Pourquoi est-ce que le lit cogne ?

— Danielle est dessus.

— Et que fait Danielle dessus ?

— Je ne sais pas.

— Où est ton père, Jacques ? »

Où est ton père ?

*

Le père. Grand et cassé, près du feu. Regrettant sa mise à la porte davantage qu'il ne regrette les raisons de son éviction.

La mère. Ravagée d'abord, ravageant tout ensuite. Médée sacrifiant ses enfants sur l'autel de son grand amour trahi.

La sœur. Vivante, joyeuse, sautillante, puis d'un seul coup éteinte : comme une bougie que l'on souffle.

Le fils. Mauvaise herbe poussant dans une maison désertée, entre les interstices.

Enfin, les poupées russes de l'histoire des Cascade se déboîtaient les unes après les autres ; les personnages du puzzle familial trouvaient leur juste place.

Derrière la culpabilité du fils, le suicide de la mère. Derrière le suicide de la mère, le viol de la fille par le père.

Un adulte peut oublier ; mais l'enfant en lui, l'enfant enfoui en lui, n'oublie jamais.

36.

Le lendemain, le jour prit la relève de la nuit à 5 h 48, ce qui était habituel pour une journée de printemps. Jacques se leva quelques minutes après, ce qui était plus inhabituel. Il s'étira, le corps douloureux d'épuisement, puis commença à faire sa valise.

Quelques heures plus tôt, en regagnant sa chambre, il avait réservé des billets de train pour New York et d'avion pour Paris. Jacques trouvait surréaliste d'imaginer qu'il serait de retour dans son appartement de la rue Legendre le lendemain matin. Son cœur s'emballait pourtant à l'idée de retrouver Camille, de serrer contre lui son ossature d'oiseau.

Il avait promis à Will de ne rien dire aux autres résidents jusqu'à la fin effective de leur séjour, afin de ne pas mettre en péril la bonne fin de leur thérapie. Il leur avait écrit une lettre qu'il laisserait en évidence sur la table de la salle à manger. Une lettre où il expliquait avoir dû écourter son séjour pour raisons personnelles, ce qui n'était finalement qu'un demi-mensonge.

Il enfila un pantalon de jogging et ses baskets qu'il laça sur le perron pour la dernière fois. Il faisait doux dehors, le prélude d'une journée chaude. Seuls les oiseaux, les grenouilles et les arbres gorgés de vent perturbaient le silence de la nuit qui finissait. Sur le chemin qui le menait au cottage Dorian Gray, il trouva un caillou en forme de cœur, de la taille de son poing. Il le ramassa avec l'intention de le donner à Camille.

Assis à l'arrière d'un taxi, en chemin pour l'aéroport JFK, Jacques écoutait la ville ronronner comme un chat au soleil. Les rues n'avaient plus la rigidité dont il se souvenait ; quant aux passants autrefois pressés, ils semblaient avoir perdu de vue l'objet même de leur agitation.

Dans le reflet de la vitre, se superposant au kaléidoscope new-yorkais, apparut un visage. Il ressemblait à celui de la mère de Jacques ; il en avait en tout cas hérité les yeux pâles. Le visage le fixait, un reproche sur les lèvres : tu en as mis du temps, petit frère.

Sa sœur avait-elle pleuré, supplié, appelé leur père à la raison ? Ou s'était-elle rendue à son autorité sans un cri, cédant au fatalisme de ce qui devait arriver ? Avait-elle anticipé ce moment, intercepté des regards en biais, des remarques à double sens ? Avait-elle imputé la faute à son corps trop formé pour son âge ? Et combien de fois cela s'était-il produit ? N'y avait-il eu qu'un seul viol, dont Jacques avait été l'inconscient spectateur périphérique ; ou y avait-il eu viol à chaque part de tarte qu'il avait mangée, à chaque verre de lait qu'il avait bu ?

« Z'êtes français, non ? demanda tout à coup le chauffeur de taxi. C'est quoi votre pronostic ? »

Jacques le regarda sans comprendre, se demandant s'il faisait référence à un match de foot.

« Les élections », précisa le chauffeur. On était le 6 mai 2017. Le lendemain, un nouveau président serait élu à la tête de la République française. Jacques l'avait complètement oublié, et c'était tellement incroyable d'avoir oublié un pareil événement qu'il se mit à rire.

Tandis que les passagers de la classe économique dormaient, asphyxiés par les relents de l'omelette aux champignons douteuse qui leur avait été servie en guise de dîner, Jacques jouait avec le cœur en pierre ramassé dans le jardin de White Falls. Les lieux, les époques et les personnes se confondaient, l'appartement de la rue Legendre et la ferme de Cestin, le visage de Camille et celui de Danielle, le passé et le présent. Bercé par les turbulences légères, il finit par somnoler à son tour avant qu'une certitude ne le réveille en sursaut. La petite voix avec laquelle il vivait depuis des années, la petite voix entêtante qui traquait, commentait, disséquait, empêchait Jacques de vivre sa vie en lui rappelant qu'elle n'était jamais que l'écho d'une autre, la petite voix discordante s'était enfin tue.

37.

Jacques récupéra sa valise dans le coffre du taxi et stationna quelques minutes devant la porte d'entrée de l'immeuble, incapable de se rappeler le code d'accès. Après avoir essayé toutes les suites de chiffres qui lui venaient à l'esprit, il parvint enfin à taper la bonne combinaison et entra dans le hall d'entrée. Il monta les trois étages en soufflant puis, parvenu à son palier, tourna la clé dans la serrure et poussa la porte de droite avec la sensation physique de pénétrer dans une nouvelle époque de sa vie.

Le décor était pourtant semblable à celui qu'il avait laissé : un appartement confortable et bourgeois, agencé selon un savant dégradé de gris et de bleus. Dans le salon, tout était à sa place : les magazines sur la table basse, les plantes grasses dans leurs pots en faïence, le chat persan allongé sur le tapis, persan lui aussi. Jacques avançait cependant au milieu d'un territoire hostile, où chaque objet familier déroulait une signification nouvelle et presque menaçante.

Un seul être vous ment, songea-t-il avec amertume, et tout est dépeuplé. Jacques connaissait la marche à suivre en cas d'enlèvement, de risque de mort imminente et même d'attentat ; mais il ignorait les options s'ouvrant à un homme mené en bateau par sa femme depuis des mois.

Sur la pointe des pieds, il alla embrasser Camille, qui ne se réveilla pas. Puis il but un whisky debout dans le salon en attendant d'avoir la force d'aller rejoindre Alicia. Il ressentait une appréhension étrange à l'idée de se confronter à elle ; un mélange d'excitation et de peur à la perspective de rompre avec tout ce qu'il avait connu jusqu'à présent.

Posant son front contre la vitre, il essaya de distinguer les ombres qui se pressaient en bas. Et il lui sembla, mais c'était une pensée incohérente et fébrile, que c'était les fantômes du passé qui s'agitaient ainsi, pâles et fuyants sous sa fenêtre.

« Jacques ! Qu'est-ce que tu fais là ? »

En robe de chambre, Alicia le contemplait, interdite. Il ne l'avait même pas prévenue qu'il rentrerait avec quelques jours d'avance. Ces dernières quarante-huit heures, il avait pris toutes ses décisions de manière anarchique. Comme celle de se prêter au jeu d'une ultime séance avec Ritesh, ou de quitter White Falls par la porte de service, sans faire de scandale.

« Est-ce que ça va ?

— Tout va bien, ne t'inquiète pas », dit-il.

Car cela semblait presque incongru, au beau milieu de la nuit, d'accuser sa femme d'avoir manœuvré pour l'envoyer en résidence psychiatrique. Jacques n'était taillé ni pour les disputes ni pour le psychodrame. Or que pouvait-il lui dire d'autre que « Je suis au courant de tout », « Pourquoi m'as-tu trahi ? », « Comment as-tu osé prendre une telle décision dans mon dos ? ». Des phrases qui sonnaient tellement faux, tellement cliché, tellement *Dallas* qu'elles lui donnaient envie de se frapper la tête jusqu'à ce que le souvenir de ces dernières semaines pâlisse.

« Tu sais », dit Alicia simplement.

Ce n'était pas une question.

Ils commencèrent par pleurer ensemble. Puis ils parlèrent comme ils ne s'étaient jamais parlé en treize ans de relation. Jacques lui raconta tout, White Falls, Cestin, Cheyenne, Danielle. Ils firent l'amour et pleurèrent de nouveau car ils étaient conscients, même s'ils ne voulaient pas se l'avouer, qu'ils passaient leur dernière nuit ensemble.

Au cours de ces quelques semaines sans Jacques, Alicia avait eu le temps de se faire à l'idée d'une vie sans lui. Elle ne voyait d'autre issue à leur agonie lente que la séparation et, loin de la suffoquer, cette pensée lui avait procuré un nouveau souffle. Depuis qu'il avait franchi le seuil de l'appartement,

Jacques était parvenu aux mêmes conclusions qu'Alicia, bien que son cheminement différât du sien. Contrairement à sa femme, il avait l'intuition que l'amour entre eux n'était pas tout à fait tari, même s'il était bien chétif en comparaison de leur belle époque. Un amour-tambour devenu peau de chagrin, mais jouant encore (si on approchait l'oreille) une petite musique douce et tendre.

Jacques savait pourtant qu'il ne serait plus en mesure de vivre aux côtés de sa femme. Parce qu'elle lui avait menti pendant des semaines, mais, surtout, il s'en rendait compte à présent, parce qu'elle faisait partie intégrante du mensonge sur lequel était bâti toute son existence. La redécouverte du passé avait eu pour effet de dévaster le présent ; plus rien de ce qu'il avait construit n'était encore viable.

Au petit matin, Alicia partit travailler et Jacques, après avoir avalé des tartines en compagnie de Camille, intarissable et pépiante, se coucha. Il dormit jusqu'au soir, et quand il se sentit suffisamment solide, apte à affronter le premier jour du reste de sa vie, il se mit debout.

38.

Neuf mois plus tard.

Jacques échangea une ultime poignée de main avec le duo de Portugais qu'il avait payés pour monter les cartons au cinquième étage sans ascenseur, et referma la porte derrière eux. Il avait déniché un deux pièces sur un coup de chance : la propriétaire trouvait tellement chic d'avoir un écrivain *un peu célèbre* comme locataire qu'elle l'avait dispensé de monter un dossier. Par ailleurs, il ne s'était pas montré trop regardant ; il avait décidé de prendre l'appartement dès qu'il avait découvert le balcon dont celui-ci était pourvu. C'était là, avait-il décidé, sur la table aux carreaux descellés, noircie d'abandon, qu'il écrirait une lettre à Cheyenne.

Jacques n'avait pas eu de ses nouvelles depuis son retour précipité à Paris. Elle n'avait répondu ni à ses coups de téléphone ni à ses textos ; mais cela n'avait aucune importance, puisque ce qu'il avait à lui dire nécessitait de toute façon la grandiloquence d'une lettre. Il voulait lui parler des sentiments violents qu'elle lui avait inspirés, dont il continuait d'éprouver la morsure tenace, et du secret démasqué au cours de son ultime nuit à White Falls, entraînant une implosion et un éparpillement de son être comme il n'en avait jamais connu.

La séparation avec Alicia s'était faite sans heurt. Jacques s'était installé à l'hôtel le temps de trouver un appartement. Camille y venait lui rendre visite, joyeuse et insouciante dans la débâcle, criant des « Je t'aime papounet » qui embaumaient le cœur de Jacques dès qu'ils se retrouvaient. Peut-être un père intermittent pouvait-il rester un père malgré tout. Avec sa joie impatiente à lui montrer la chorégraphie qu'elle avait imaginée sur *Despacito*, Camille lui enseignait l'espoir.

La rupture avec Bertrand avait été plus chaotique, agitée de convulsions douloureuses. Le lendemain de son retour, Jacques l'avait informé par mail qu'il ne souhaitait plus avoir de contact avec lui à l'avenir. Son ancien ami l'avait aussitôt assailli d'appels et de courriers avant de faire le pied de grue dans le hall de son hôtel (Alicia n'avait pas eu le courage de lui refuser l'adresse). Pendant six jours, Jacques avait reçu le même coup de téléphone de la réception : « Votre ami est en bas, je lui dis de monter ? », et, pendant six jours, Jacques avait opposé un refus avant de finir par céder, de guerre lasse.

Bertrand avait juré ses grands dieux qu'Alicia lui avait menti. Elle lui avait parlé d'une résidence d'écriture améliorée, d'un centre de repos pour écrivains fatigués. Mais elle n'avait jamais évoqué l'usage de drogues ou de quoi que ce soit d'autre ! Si cela avait été le cas, il aurait évidemment été le premier à se dresser contre sa folle entreprise ! Désireux de le croire, Jacques s'était senti vaciller face à l'éloquent désespoir de son éditeur.

« J'espérais juste que tu puisses finir ton roman… », avait conclu Bertrand d'un ton faussement ingénu, à présent certain de sa victoire. Cette dernière phrase avait suspendu la crédulité de Jacques. Bertrand venait d'avouer, en toute quiétude, les véritables motifs de son entente avec Alicia. Peu lui importait que Jacques aille *mieux* à l'issue de la résidence. Ce qu'il voulait, c'est qu'il aille suffisamment *bien* pour rendre son manuscrit en temps et en heure. Bertrand se disait son ami et son confident, là où il n'était en fait que son employeur.

Enfin dessillé, Jacques avait fait sortir Bertrand de sa chambre, et de sa vie par la même occasion. Il mettait ainsi un terme à trente années d'un compagnonnage factice, qui s'arrêtait aux frontières de la littérature.

Les cartons paraissaient tanguer dans la poussière du soleil et dériver sur les lattes de parquet, à la merci des vents contraires.

Les yeux fermés, il dressa l'inventaire des tâches qu'il lui restait à accomplir avant de pouvoir décréter l'endroit habitable. Nettoyer les murs de la cuisine où bavaient de grosses cloques blanches ; récurer à la brosse à dents les joints de la douche, noircis comme les doigts d'un fumeur ; acheter quelques pièces de mobiliers – cadre de lit, armoire, table, chaises et canapé, ainsi que deux ou trois éléments de décoration personnelle – tableaux, plantes vertes et coussins.

Il y aurait d'autres tâches, autrement plus ardues que d'ouvrir une bouteille de vinaigre blanc ou de pousser un caddie chez IKEA. Il lui faudrait apprivoiser la solitude chantée par Barbara, celle qui fait des matins blêmes et de longues nuits désolées. Bientôt, pourtant, cet appartement à la clarté marine lui deviendrait familier ; peut-être même agréable. Il pourrait se mouvoir au milieu de nouveaux objets, les siens. Marcher sur le tapis qu'il s'était offert quelques jours auparavant, et qui, il s'en rendait compte à présent, ressemblait fil pour fil au kilim de son ancien salon. Dormir dans un lit qu'il déferait chaque soir et referait chaque matin avec l'adresse mécanique des vieux garçons.

Jacques alla dans la cuisine et ouvrit le minuscule frigo. Plus de tofu ni de légumes verts, plus de Babybel ni de Danette à la vanille, rien d'autre qu'un bataillon de bières en bouteille. Il en décapsula une qu'il but sur le balcon surplombant le cimetière du Père-Lachaise ; un voisinage agréable et peu causant, rien qu'un océan de cadavres bétonnés et fleuris dont il jugeait la proximité réconfortante, presque amicale.

C'était une journée d'hiver froide et sèche. Sur le balcon d'en face, une très jeune fille l'observait en fumant une cigarette. Il essaya d'imaginer Camille à quinze ans, penchée à ce même balcon, et portant le même accoutrement, pull blanc et jean moulant ; mais aucune image ne lui vint.

Tournant le dos à la rue et à la jeune fille, il sonda les murs du salon. Ses yeux tombèrent sur les deux photos encadrées qu'il avait posées sur le buffet, dès le premier trajet des Portugais et des cartons.

La première était un portrait de Camille au jardin du Luxembourg. Jacques avait pris cette photo peu avant son départ à la résidence, et Alicia l'avait fait encadrer avant de la lui offrir. Sur la photo, Camille fixait l'objectif d'un air crâneur, poing sur la hanche et pied en avant, dans une posture indisciplinée et brouillonne qui tenait à la fois de l'adulte et de l'enfant. Mon insolente indocile, songea Jacques, le cœur serré. Mon petit oiseau moqueur. Puisses-tu toujours demeurer aussi belle et résolue.

Le deuxième cadre hébergeait un portrait en noir et blanc de Danielle, vraisemblablement au même âge que Camille. Celle-ci posait avec application, la main appuyée sur une façade blanche frangée de volets bruns, un sourire discret lui retroussant la bouche. C'était la Danielle qu'il avait passionnément aimée, avec ses taches de rousseur délicates, saupoudrées en confettis, son sourire confiant et sans gravité ; celle qui lisait des livres couverts de hiéroglyphes aussi indéchiffrables que merveilleux pour Jacques, qui ne savait pas encore lire ; celle avec qui il irait vivre à la ville quand il serait grand, loin, très loin des vaches obèses, du soleil toujours bas et des horizons étroits.

Cela n'avait pas été facile de trouver un prétexte pour convaincre Danielle de venir lui rendre visite. Elle détestait Paris encore plus qu'elle détestait s'éloigner de sa petite vie étriquée. Mais Jacques voulait adopter un chien. Or à qui pouvait-il demander conseil, sinon à sa sœur, grande prêtresse canine ? Il avait payé les billets de Danielle et promis de couvrir ses frais durant le week-end, neutralisant d'emblée les refus qu'elle pourrait lui opposer.

Le programme du samedi était d'ores et déjà établi : ils iraient à la SPA choisir le chien. Ils le promèneraient dans le quartier, lui achèteraient une laisse, un collier, des croquettes. Puis, ils iraient boire un verre ou deux, grignoter une burrata crémeuse accompagnée de quelques gressins qui arracheraient à Danielle des exclamations moqueuses : « Treize euros la minuscule entrée ! C'est vraiment une arnaque de bobos ! »

Peut-être, au détour d'une réflexion acerbe et d'une gorgée de vin nature, Jacques trouverait-il le courage de lui demander pardon. Pardon d'avoir perpétué le silence d'une mère trop égoïste. Pardon d'avoir été le fils d'un homme qui ne méritait pas d'être leur père. La petite main de Danielle logée dans la sienne, Jacques longeait les côtes du passé, leurs aspérités sinueuses, leurs anfractuosités coupantes ; mais il n'avait plus peur. Car il connaissait désormais les maux, tous les mots, à même de combler les blancs de leur histoire commune.

Quant à la question *pourquoi écrivez-vous ?* il savait maintenant quoi répondre : il écrivait pour réécrire.

Remerciements

Merci au livre *Phantastica*, de Stéphanie Chayet, dont la lecture m'a permis de dénouer l'un des nœuds essentiels de ce roman.

Merci également à Alice Van den Broek, l'une de mes premières lectrices, pour sa clairvoyance et ses encouragements.

Merci, enfin, à Claire Le Ho-Devianne, mon infatigable éditrice, pour m'avoir accompagnée et soutenue dans les mille et une versions de ce *Résident*.

Imprimé en France par EPAC Technologies
N° d'impression : 4550414333220
Dépôt légal : mai 2020